爵位を剥奪された追放令嬢は知っている 2

水十草　illust. 昌未

Characters
ガウェイン・
ブレイスフォード
アリス・オーウェン

トレイシー・
プラウズ
ケイティ・ウォーカー
サイラス・
ブレイスフォード
ブレア・トンプソン

「これくらい大したこと」
「ダメよ、バイ菌が入ったら
どうするの」
アリスはガウェインの手を取ると、
ハンカチーフを取り出して彼の傷を包んだ。
「さぁこれで大丈夫」
「ありがとう」
ふたりの視線が交わり、
アリスは反射的にガウェインの手を離した。
手に触れたことなんて初めてではないし、
なんなら彼の胸で泣いたことさえある。
それなのにどうして、こんなにもドキドキするのだろう。

爵位を剥奪された追放令嬢は知っている

2

水十草
illust. 昌未

Contents

主な登場人物

アリス・オーウェン …… 元伯爵令嬢
ガウェイン・ブレイスフォード …… 大国ベルプトンの第二王子
サイラス・ブレイスフォード …… 大国ベルプトンの第一王子
リチャード・コルスト …… バイウォルズを治める地方貴族
エマ・コルスト …… リチャードの妻
ルナ・コルスト …… リチャードの娘
ケイティ・ウォーカー …… 侯爵令嬢
トレイシー・プラウズ …… 子爵令嬢
ブレア・トンプソン …… 隣国オンスラールの伯爵令嬢
ノーマ・ライト …… アリスのメイド

Prologue

プロローグ

どんなに遠くからでも、アリス・オーウェンの姿は一目でわかる。働き者の彼女は、いつだって忙《せわ》しなく動き回っているからだ。

今もハーブガーデンの合間を縫うように、柄杓《ひしゃく》で水をやっている。

たまに手を止めるのは、咲き終わった花がらや、傷《いた》んで茶色くなった葉を、取り除いているからかもしれない。この時期は高温多湿で蒸れやすいから、密集したところを間引いて、病気や害虫の被害を減らす工夫をしているのだろう。

伯爵令嬢として何不自由なく暮らしていたアリスが、とある事件により辺境の地コーヘッドに追放されてもう十年。彼女は今日も懸命に生きている。

愛《いと》おしそうに草花を見つめるアリスは、本当に美しい。このままずっと眺めていたいと思うけれど、彼女がこちらに気づいてしまった。

大きく手を振るアリスに、ガウェイン・ブレイスフォードの胸は熱くなる。彼女が彼を許し、受け入れてくれたことが何よりも嬉《うれ》しいのだ。

「こんにちは、アリス」

ガウェインは近くまで馬を走らせ、馬上から挨拶《あいさつ》した。

「久しぶりね、ガウェイン」

アリスがにっこり笑ってくれたので、ガウェインは思わず心臓の辺りを押さえた。彼女を前にすると鼓動《こどう》が速《はや》くなり、頬《ほお》も赤くなってしまう。

「最近来なかったのは、公務で忙しかったからかしら？」

もしかしてガウェインの来訪を、心待ちにしてくれていたのだろうか。彼の動揺が伝わったらしく、馬がブルッと身体《からだ》を震わせた。

ガウェインはドキドキしながら馬を下り、はにかみながら尋《たず》ねた。

「その、寂しかった？」

「え、どうして私が寂しいの？」

アリスはきょとんとした顔をして、首を捻《ひね》る。

「まぁいいわ。そろそろ休憩しようと思っていたの。カモミールティーを入れるから、一緒に飲みましょう」

「……ありがとう」

やはりアリスは相変わらずだ。ガウェインの想いになど、一向に気づく様子もない。

ガウェインは少々がっかりしながら、馬を近くの木に繋《つな》いだ。アリスは柄杓や木桶《きおけ》を片付け、家の中に向かう。

「ノーマももうすぐ帰ってくるわよ。ちょっとお使いに行ってもらってるの。最近はこの辺りでも買い物ができて助かるわ」

かつては閑散としていたコーヘッドだが、今は特産品のハチミツ人気もあって、牧歌的で賑やかな村になっている。ガウェインがここに来るまでにも、何度か幌《ほろ》馬車とすれ違ったほどだ。

「それで、今日はなんの用かしら？」

アリスがカモミールティーと共に、ローストナッツのハチミツがけをテーブルに並べてくれる。

ガウェインはカップを手に取るものの、口は付けずに話を切り出した。

「実は今度の休暇に、バイウォルズへ行こうと思ってるんだ」

「ふーん、そう」

大して興味もなさそうに、アリスが相づちを打つ。素っ気ない反応に傷つきつつも、ガウェインはなんとか彼女の気を引こうと、身振り手振りを大きくして言った。

「あの辺りを治めるコルスト卿が、それはもう大変な辣腕家《らつわんか》でね。生まれ変わったみたいに栄えてるらしいんだ」

「へぇ、最近は海辺の街に押され気味だったのに」

「コルスト卿がかなり尽力したみたいだね。地場産業を起こしたり、地域資源の価値を見直したりして、かつての人気を盛り返したようだよ」

「それはすごいわね。私も見習うべきところが、あるかもしれないわ」

まだまだコーヘッドの魅力を高めたいと、アリスは思っているのだろう。好感触に気を良くしたガウェインは、身を乗り出して言った。

「じゃあ一緒に行こう」

「っ、ゴホッゴホ」

アリスがお茶にむせながら、困惑した顔をする。

「なぜ私が行かなきゃならないの」

ガウェインは椅子《いす》に座り直すと、しっかとアリスの目を見つめた。

「最初にコルスト卿から誘われたのは、兄上なんだ。ぜひ一度遊びにおいでください、って」

「それでどうして、ガウェインも行くことになったわけ？」

「つまり、その、兄上が結婚相手を募集してるのは知ってるだろう？　コルスト卿が年頃の令嬢も何人か招待するらしいから、僕にも参加しないかと」

兄のサイラスは、弟の気持ちをよく知っている。なかなかアリスとの仲が進展しないのを、当のガウェインよりも心配しているくらいだ。

今度の休暇旅行に、アリスを誘うよう言ったのもサイラスだった。

美しい令嬢に囲まれるガウェインを見たら、アリスにも嫉妬《しっと》の気持ちが芽生え、親密になれるかもしれないと提案されたのだ。

「集団お見合いってところかしら？　サイラスもガウェインのことが気掛かりなのよ、あなた女性の扱いが下手だから。ちょうどいい機会だと思うわよ」

まるで同情するようにアリスが言い、ガウェインは結構なショックを受けた。彼女を一途に想うからこそ、他の女性とは距離を置いているというのに。

内心頭を抱えながら、ガウェインは言葉を選んでどうにか気持ちを伝える。

「僕はアリス以外の女性と、仲良くするつもりはないよ。だからバイウォルズにも、一緒に来てもらいたいんだ」

かなりハッキリ言ったつもりだったが、アリスは眉根を寄せるだけ。彼女のほうが年下なのに、どこか諭すような調子で言った。

「私が幼馴染《おさななじ》みで気安いのはわかるけれど、いつまでもそんな風じゃ良くないわ」

「アリス様！　ぜひ行ってらしてください」

突然扉が開き、メイドのノーマ・ライトが部屋に飛び込んできた。この感じは外で立ち聞きしていたのだろう。

「ちょっとノーマ、帰ったなら帰ったと」

「すみません、ただ今戻りました」

ノーマは急いで頭を下げると、続けざまに言った。

「そんなことよりアリス様、せっかくガウェイン王子がお誘いくださったのですから、ご一緒に出かけられたらいいじゃありませんか」

「ノーマまで何を言うの。私にはここでやることがいろいろあるの。ハーブガーデンの世話も養蜂《ようほう》の指導もあるし」

アリスの気持ちは固く、いつもならここで諦《あきら》めていたかもしれない。しかしサイラスが応援してくれ、ノーマも加勢してくれている。

ふたりの気持ちを無駄にしたくなくて、ガウェインは一生懸命に説得する。

「休暇と言っても、向こうに滞在するのは一週間程度だよ。移動時間を含めたって、一ヶ月も掛からないから」

「でしたら大丈夫ですよ。ハリーもマイロも手伝ってくれますから」

ノーマが援護してくれるが、アリスはまだ難しい顔で腕を組んでいる。

「でもあのふたりだって、自分の仕事があるんだから」

「バイウォルズの発展には、アリスだって興味があるんだろう？」

ガウェインに問われ、アリスは渋々うなずく。

「それは、まぁ」

「たまには別の地域に行って、刺激を受けるのもいいんじゃないかな。コーヘッドにだって、いい影響をもたらせるかもしれないよ」

「ガウェイン王子のおっしゃる通りですよ、アリス様」

ふたりの懇願するような視線を受け、アリスは観念してため息をつく。

「あぁもう、わかったわよ！　行けばいいんでしょう、行けば」

アリスは不服そうにしながらナッツを口に入れ、「全くふたりしてなんなの」とまだぼやいている。しかしガウェインは少しも気にならなかった。

アリスと一緒に旅行ができる。それだけで心が躍《おど》っていたからだ。

初めての旅行は、きっと素晴らしいものになるだろう。アリスと一緒にやりたいことが、あれやこれやとガウェインの頭を駆け巡り、出発日が待ち遠しくなるのだった。

Episode 1

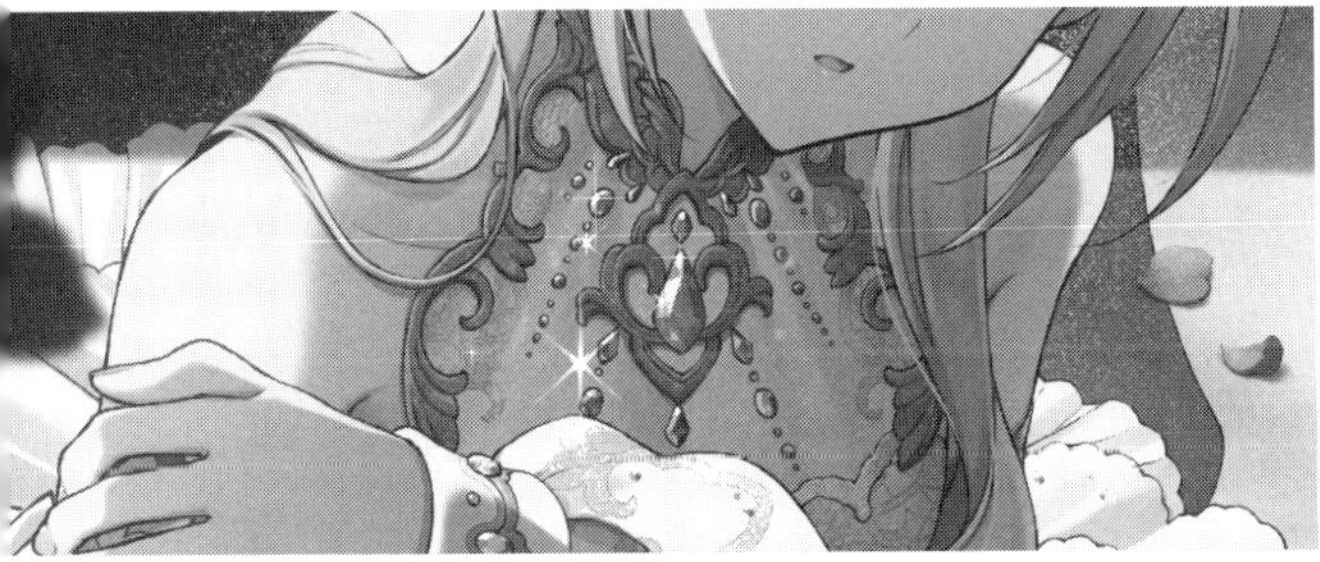

第一章

コルスト卿の歓迎

「素敵だよ、アリス！」

バイウォルズへ出発する朝。屋根付きの二輪馬車で迎えに来てくれたガウェインが、感嘆の声を上げた。頬《ほお》をバラ色に紅潮させ、うっとりとこちらを見ている。

今日のアリスは、いつものチュニック姿ではなかった。

王妃様からいただいたシルクの豪華なドレスで、麗《うるわ》しく着飾っている。

幾重にも層になって膨らんだスカート、細かな宝石で彩られた袖口《そでぐち》、胸元や襟《えり》元には金糸銀糸の細密な刺繍《ししゅう》が施《ほどこ》され、レースとビーズがたっぷりと使われている。

シルバーブロンドの髪も丁寧に結っているから、黙っていれば本物の令嬢に見えるだろう。

「……ありがとう。ノーマが張り切って、着せてくれたのよ」

ガウェインに同行する以上、彼に恥を掻《か》かせるわけにはいかない。アリスだってわかってはいるのだが、普段と違いすぎて、どうにも落ち着かなかった。

「すごくよく似合ってる」

ガウェインはにこにこ笑顔で褒めてくれるが、アリスは素直に受け取れない。

「そう？　私には不相応よ、コルセットもキツいし」

アリスはこういう格好が初めてだった。社交界デビューする前にコーヘッドへ来たので、大人になってからドレスで装う機会がなかったのだ。

「そんなことないよ。母上はアリスに一番似合うドレスを選んで贈ってくださったんだから。どん

など令嬢にも負けないくらい、本当にとっても綺麗《きれい》だよ」

ガウェインは真っ直ぐアリスの瞳を見て、真剣な顔で言った。疑いようもなく心からの言葉だと感じられ、彼女は柄にもなく赤くなってしまう。

「おもてなしが、随分《ずいぶん》上手になったじゃない」

一瞬怪訝《けげん》な顔をしてから、ガウェインは照れたように笑う。幼いふたりが出会った、お茶会での出来事を思い出したのだろう。

「これは本心だよ」

聞こえるか聞こえないかというささやきのあとで、ガウェインはアリスの荷物を次々と馬車に積み込んでいく。先方へのお土産《みやげ》にハチミツの瓶《びん》などが入っており、結構重たいはずだが、彼は平気な顔をしている。

ガウェインはもう、あの頃のようなオドオドした少年ではないのだ。

十分わかっているのに、ついガウェインを子ども扱いしてしまうのは、アリスが今のままでいたいと思っているからかもしれなかった。

現在、アリスとガウェインの関係はとても良好だ。止まっていた時がようやく動き出し、十年の空白も感じさせない。

しかしこれから先、ふたりの間に待っているのは別離だけ。

サイラスが妻を選ぶように、ガウェインだっていつかは結婚する。高貴で気品のある、美しい女性と。もちろんアリスなんかではない。

本音を言うと少し寂しい。ガウェインがアリスを、必要としなくなる日が来るのが。

でもそれは、アリスの都合だ。

アリスの感傷にガウェインを付き合わせるつもりはないし、いざその日が来るのを座して待つつもりもない。引導は自分で渡す。彼を困らせたくはないのだ。

もしかすると今回の旅行は、ふたりの別れを早めるかもしれない。

だとしてもアリスは、奥手なガウェインをサポートしようと思っていた。彼の友達として、それが自分の役目だと思うからだ。

「ごめんなさいね、大荷物になってしまって」

ようやく積み込みが終わり、馬車に乗ってからアリスは謝罪した。隣に座るガウェインは、軽く首を左右に振る。

「構わないよ。他のご令嬢は、きっとこんなものじゃない。兄上にアピールしないといけないんだから、着替えのドレスだって数十着は持ってくるんじゃないかな」

そうだった。アリスにとっては休暇旅行でも、他のご令嬢にとってはサイラス争奪戦なのだ。過激なバトルが繰り広げられるのかと思うと、少しげんなりする。

「召し使いもたくさん連れてくるのかしら？　大勢を迎えるほうも大変ね」

「さすがにそれはないいんじゃないかな。コルスト卿の館にもメイドはいるから、お世話をする分には問題ないと思うし」

「ガウェインは、誰が来るのか知っているの？」

「ひとりは僕も会ったことのある、ウォーカー侯爵家のご令嬢ケイティだよ。あとは子爵令嬢と隣国の伯爵令嬢だと聞いてる」

「へぇ、隣国からわざわざ？」

「バイウォルズには、隣国の貴族もちょくちょく訪れているらしいよ」

アリスの知るバイウォルズは、のどかだが取り立てて何があるわけでもない村だった。少なくとも遠方から足を運ぼうと思えるほど、魅力溢《あふ》れる場所ではない。

いつの間にそんな地域になったのだろう。それが全てコルスト卿の力だとしたら、一度会ってみたいし、今後のコーヘッドのためにも意見を伺いたいところだ。

「さぞかし素敵に、変貌《へんぼう》を遂げているんでしょうね。なんだか楽しみになってきたわ」

「その言い方だと、楽しみじゃなかったみたいに聞こえるんだけど」

ガウェインがちょっと拗《す》ねたように言い、アリスは目をパチパチさせて答える。

「あら、今頃気づいたの？　ノーマとガウェインが必死になってお願いするから、仕方なく来たのよ？」

「……僕はものすごく楽しみにしてたよ。昨日の夜も眠れなかったんだから」

言われてみれば、ガウェインの目の下には、うっすらクマができている。

「いやね、子どもみたい」

クスッと笑うと、ガウェインは眉間《みけん》に皺《しわ》を寄せた。

「アリスと初めて旅行するんだから、わくわくするのは当たり前だろう？」

ガウェインが抗議するので、アリスは慇懃《いんぎん》に礼をした。まるで伯爵令嬢のように。

「今は私も楽しみにしておりますわ、ガウェイン王子」

「今は、ね」

気落ちしたガウェインが馬車の外に目を向けてしまい、アリスはできるだけ明るく言った。

「まぁまぁ細かいことはいいじゃないの。私はガウェインと、この旅行でいろんな体験ができたらいいなと思ってたんだから。それは嘘《うそ》じゃないわ」

庶民は旅行なんてなかなか行けない。本当はノーマも来られれば良かったのだが、彼女が固辞したので、せめてたくさん土産話をしてあげたかった。

「そ、そうだったんだ？」

急にしどろもどろになったガウェインが、真っ赤になってうつむく。アリスのほうをチラチラ見ながら、話しかけようとしては口を閉ざしてしまう。

何かおかしなことを言っただろうか？

ガウェインの変化には戸惑うが、彼が元気になったのならそれでいい。アリスはバイウォルズに思いを馳《は》せながら、馬車からの景色を眺めるのだった。

＊

バイウォルズまでは、馬車で片道一週間ほどだった。

これはコーヘッドが出発地点だからで、王都グラストルから直接向かうなら、三日も掛からない。

だからこそ昔は、貴族たちに人気の保養地だったのだ。

都にもほど近く、自然豊かで、気候の良い静かな場所。一時期評判を落としていたのは、穏やかすぎて退屈に思われたせいかもしれない。

「ここがバイウォルズね！」

鬱蒼《うつそう》とした木々のトンネルを抜けると、緩やかな傾斜地に屋敷や民家が並んでいた。

ずれた断層によってできた渓谷に豊かな水源があり、深い森林に囲まれたバイウォルズは、緑が美しい静かな村だ。

観光地らしく宿屋やパブ、商店といった施設が揃《そろ》い、藁葺《わらぶ》き屋根の厩舎《きゆうしや》や工房、猟番小屋が景観にアクセントを加えている。昔懐かしい風情を想像していたが、どの建物も真新しく清潔で、造られた快適ささえ感じられた。

まるで田舎の持つ、良い部分だけを寄せ集めたかのようだ。

「あそこが、コルスト卿の住まいだよ」

ガウェインが指さしたのは、丘の頂《いただき》にある二階建てのマナーハウスだった。

バイウォルズの裕福さを象徴するかのような、優雅で見事な邸宅。隣は広大なローズガーデンになっており、館に近づいただけで甘く濃厚な香りが漂ってくる。その真向かいには立派な玄関があり、館の主人や召し使いたちが背筋を伸ばして並んでいた。

「ようこそ、おいでくださいました」

教育が行き届いているのか、声を揃えて歓迎され、アリスとガウェインは馬車から降りた。口ひげを蓄えたダンディな紳士が、一歩進んで手を差し出してくる。

「バイウォルズを治める、リチャード・コルストと申します」

「初めまして、コルスト卿。しばらくお世話になります」

ガウェインが握手に応じると、コルスト卿はその手を両手でしっかり握って、弾丸のように話し始めた。

「ぜひ楽しんでいってください。この辺りは狩りが盛んで、ライチョウが一日二十羽獲《と》れたこともあるんです。実は私どもの作る火薬に特色がありましてね。狩猟用の馬もご用意していますから、ぜひ乗り心地をお試しに」

「ちょ、ちょっと待ってください。先に同行者を紹介させてくれませんか」

コルスト卿の長く強烈な握手に、ガウェインがタジタジとなっている。バイウォルズが蘇《よみがえ》った理由のひとつは、この尻込みしてしまうほどの積極的なアピールにあるのかもしれない。

「彼女は僕が、特に親しくしている女性なんです」

ガウェインはコルスト卿の手を離し、アリスのほうを向いた。彼は頬を染めており、まるで恋人を紹介するような調子だ。

「アリス・オーウェンと申します。どうぞよろしくお願いいたします」

きちんとドレスの裾《すそ》を摘まみ、アリスは膝《ひざ》を軽く曲げて挨拶《あいさつ》をする。コルスト卿は大慌《あわ》てで彼女の手を取った。

「これは大変なご無礼を。いやぁ、お美しい方ですね」

「ありがとうございます」

「サイラス王子や他のご令嬢も、先ほど到着されたんですよ。ご一緒にお茶など召し上がってはいかがですか？」

「はい。いただきます」

コルスト卿に連れられて、ガウェインとアリスは館の中に入った。

玄関ホールは吹き抜けになっており、高い壁には明かり取りの窓がある。右手の螺旋《らせん》階段は装飾的で、繊細なデザインの手摺《てすり》が二階の廊下に繫《つな》がっていた。

広間にはフラワースタンドがそこかしこに置かれ、両手では抱えきれないほどの生花が花瓶《かびん》に飾られている。王子ご一行を歓迎する気持ちの表れなのだろう。

「外のローズガーデンもですが、館の中まで花の良い香りがしますね」

「喜んでいただけて何よりです」

褒められて嬉《うれ》しいのか、コルスト卿は得意げに続ける。

「私は花が好きでしてね。毎日新しく摘んできては、飾らせているのですよ」

香りが強い花は日持ちが短い。香気成分を放つには、エネルギーが必要だからだ。毎日交換するのも道理だが、庭からも十分香りが漂ってくるのに、それでは満足できないのだろうか。

召し使いたちも大変だろうなと思っていると、ガウェインがコルスト卿に尋《たず》ねた。

「これはなんです？」

ガウェインの視線の先には、布製の素朴な少女人形があった。象嵌《ぞうがん》加工を施した丸テーブルの上に、可愛《かわい》らしく置かれている。

一体目はブロンズ色の髪をしており、二体目はオリーブ、三体目はブラウンで、皆同じ薄いブルーのドレスを着て、ガラス玉のネックレスを付けていた。

「こちらはご招待したご令嬢を歓迎して、私が作らせたんですよ。バイウォルズ特産の繊維を使用しているのですが、柔らかく光沢があり吸水性にも優れて」

「アリスの人形は、ないんですね……」

ガウェインが残念そうに口を挟み、コルスト卿は返事に窮している。アリスの参加は急遽《きゅうきょ》決まったものだから、事前の準備は難しかったのだろう。

「どうぞお気遣いなく。きっと作るのが間に合わなかったのでしょう」

アリスが微笑《ほほえ》むと、コルスト卿は安堵《あんど》した様子で、ペコペコと頭を下げた。

「そうなんです。アリス様がいらっしゃると知ったのは、随分あとになってからでして」

「あら、ガウェイン様！」

玄関ホールに顔を出したのは、可憐《かれん》でキュートな令嬢だった。暗く赤みがかった髪を複雑に結い、目の覚めるほど豪華な青いドレスを着ている。

「お久しぶりです、ケイティ嬢。先日のダンスパーティー以来ですね」

「ええ、そうですわね」

にっこり笑うケイティは、とても幼く見えた。天真爛漫《てんしんらんまん》な箱入り娘という雰囲気で、女性より少女という表現のほうが相応《ふさわ》しい。

「そちらのご令嬢は、どなたですの？」

ケイティがこちらを見て首をかしげたので、アリスは再び挨拶をする。

「アリス・オーウェンと申します」

「わたくしはケイティ・ウォーカーですわ。アリスとお呼びして、よろしいかしら？　わたくしのことも、ケイティと呼んでくださって構いませんわ」

実に人懐っこく、愛らしい。アリスとは正反対のタイプだ。

「よろしくお願いします、ケイティ」

「おふたりとも、良い時にいらっしゃったわ。ちょうどお茶にするところでしたの。焼きたてのシフォンケーキもありますのよ」

ケイティがダイニングのある大広間に消え、アリスとガウェインもあとに続く。

テーブルクロスの掛かった、長方形のテーブルにはすでに皆が揃っていた。一番奥の上座にサイラス、彼の左隣にケイティ、右隣にふたりの令嬢が腰掛けている。

「よく来たね、ガウェイン。ふたり旅はどうだった？」

ニヤニヤしたサイラスに尋ねられ、ガウェインは挙動不審になって答える。

「ど、どうも何も、別に普通、というかいつも通りですよ」

「その様子じゃ、特に進展はなかったらしいな。アリス嬢はどうだった？」

サイラスがアリスに話を振ったので、深く礼をして言った。

「ご無沙汰《ぶさた》しております、サイラス王子。これほど快適な旅は初めてですわ。お誘いいただき、大変感謝しております」

「堅苦しいなぁ、ふたりとも」

軽くため息をつくと、サイラスは明るく続けた。

「よし、この休暇中は無礼講で行こう。敬称はなし、いいね」

サイラスの提案に、アリスは胸をなで下ろす。ガウェイン王子だなんて、普段呼び慣れていないから、どこかでボロが出そうだと不安だったのだ。

「そんな、恐れ多くてとても、王子様方を呼び捨てになどできませんわ」

レモンイエローのドレスを着た令嬢が、怖々《おずおず》と言った。落ち着いたオリーブ色の髪が、ほつれなく結われており、几帳面《きちょうめん》で神経質そうな印象を受ける。

「ではトレイシー嬢はお好きなように。無理強《じ》いするつもりはありませんよ」

サイラスが優しく言い、トレイシーはホッとしたようだった。こちらを見て立ち上がり、大仰な仕草で頭を下げる。

「お初にお目にかかります。プラウズ子爵家のトレイシーと申します」

「初めまして、トレイシー嬢。こちらはアリスです」

ガウェインが挨拶すると、トレイシーの隣に座る令嬢も立ち上がった。

「ワタシはブレア・トンプソンと言いマス。オンスラールから来マシタ。よろしくお願いしマス」

ケイティもトレイシーも、間違いなく整った顔立ちをしているが、ブレアはどちらとも違っていた。異国の香りというか、エキゾチックな雰囲気を漂わせているのだ。

ワインレッドのドレスに、ブラウンというよりはブルネットに近い、ウェーブがかった豊かな髪が映え、女性のアリスでもドキッとしてしまう。

王子ふたりを前にしても堂々としており、少しも気後《きおく》れする様子がない。

「自己紹介はその辺りで、よろしいんじゃありませんこと？　わたくしお腹《なか》が空きましたわ」

ケイティが明け透けに言い、サイラスは楽しそうに笑う。

「そうだね。ではお茶にしよう」

サイラスの言葉が合図だったみたいに、紅茶とシフォンケーキが運ばれてきた。他にもマドレーヌやクッキーなど、焼き菓子も用意されている。

ガウェインがケイティの隣に座り、アリスも彼の隣に腰掛けた。コルスト卿はサイラスと向かい合うように、テーブルの端に座る。

「どうぞご賞味ください」

コルスト卿が言い終わった途端、ケイティがナイフとフォークを取った。

「まぁ美味《おい》しそう。いただきます」

ケイティは屈託なく、自由だ。なんの苦労もなく育ってきたのだろうと思うと、羨《うらや》ましささえ感じてしまう。

「これはなかなか。優しい味わいだ」

サイラスが賞賛すると、ガウェインもうなずく。

「たっぷり卵が使われていて、ふわふわとした食感もいいですね。アリスのハチミツをかけても美味しいかもしれない」

アリスが返事をする前に、ケイティが顔を輝かせた。

「それは素敵なアイデアですわ。アリスはハチミツを持ってきていますの？」

「え、えぇ。お世話になるお礼にと思って」

「じゃあ持ってきてくださらない？　わたくしぜひ、食べてみたいですわ」

ティータイムを中座するのはどうかと思ったが、ケイティの頼みなら仕方がない。サイラスも苦笑いでうなずくので、アリスは立ち上がった。

「こちらでございます」

メイドは大広間を出て、すぐ目の前にある螺旋階段を上っていく。

二階に到着すると左手に廊下が伸びていた。廊下の右側には客室が並び、左側は玄関ホールから見えた手摺になっている。

「手前からケイティ様、トレイシー様、ブレア様のお部屋でございます。二間続きの大きな角部屋は、サイラス様にお使いいただくことになっております」

メイドに案内されながら廊下を進むと、突き当たりで左に曲がる。廊下はL字型になっており、サイラスの部屋の隣がガウェインの部屋のようだ。

「アリス様のお部屋は、こちらでございます」

廊下の一番奥、ガウェインの部屋のさらに隣が、アリスの部屋だった。

メイドが少々申し訳なさそうなのは、部屋が狭いからかもしれない。きちんと歩測したわけではないけれど、ドアとドアの間隔からして、他の部屋の八割くらいの広さしかなさそうだ。

人形といい部屋といい、コルスト卿にとってアリスは、予期せぬ来客だったのだろう。強引に押し掛けて申し訳なかったけれど、一応歓迎はされているようだ。

室内には美しく生花が飾られているし、寝心地の良さそうなベッドや、お茶が飲めるテーブルセットも用意されている。作り付けの暖炉には鉄製の可動式柵が付いており、火かき棒が掛かっていた。今の時期は使わないけれど、手入れもしっかりされているようだ。

アリスは中央に置かれた荷物から、数枚の着替えを取り出しクローゼットに仕舞い込んだ。大した量でもないので、荷解《にほど》きはすぐに終わってしまう。

たくさんの手土産をメイドと手分けして持ち、部屋を出たところで正面の壁にも扉があることに気づいた。壁紙と同じ色なので、ちょっと見ただけではわからなかったのだ。

「この部屋は何？」

アリスが何気なく尋ねると、狼狽《うろた》えたメイドが早口で捲《まく》し立てる。

「こちらは物置でございます。掃除用具などが置かれているだけですので、お客様はお入りにならないほうがよろしいかと」

「そう、わかったわ」

無理に詮索《せんさく》する気はないので、アリスはあっさりと答える。中が片付いていないから、見られたくないのかもしれない。

大広間に戻ると、ケイティがキラキラした目をして、待ちかねたように言った。

「まぁそれがコーヘッドのハチミツですの。人気なのは知っていましたけれど、わたくしまだ食べたことがありませんのよ」

アリスがいない間に、ガウェインがハチミツの説明をしておいたのだろう。コルスト卿も彼女の手元に興味津々《しんしん》だ。

「そちらが王室御用達と名高い、コーヘッドのハチミツですか」

「はい。ミードも持ってきましたので、ぜひご笑味ください。こちらは蜜蠟《みつろう》キャンドルとハーブオイル、チンキなどもあります」

「貴重な品々を誠にありがとうございます」

コルスト卿は恭《うやうや》しく礼を言い、ハチミツの瓶を受け取ってケイティに回す。

「昨今のコーヘッドの快進撃は、目を見張るものがありますね。あれほどの辺境が養蜂《ようほう》を一大産業にして、大きく発展を遂げている」

「それを言うなら、バイウォルズも十分にすごいと思います。失礼ですが、この辺りはこれといった特産や娯楽もなく、利点は自然が多く王都に近いくらいでしたよね？」

アリスの問いかけに、コルスト卿はハハハと笑う。

「いや、全くその通りです。だからこそバイウォルズに合う特産品を探して、試行錯誤を繰り返したんですよ。今では目玉となるような独自の商品を作ることができました」

「それは先ほどおっしゃっていた、火薬や布ですか？」

「ええ。館近くの工房では、シードオイルなども作っています。これは食用としても美味しいですが、美容にも効果がありましてね。妻も愛用していますよ」

シフォンケーキのハチミツがけに、舌鼓《したつづみ》を打っていたケイティが口を挟む。

「あら、奥様がいらっしゃるの？　ぜひご紹介いただきたいわ」

「そうしたいのは山々なのですが、そろそろ一歳になる娘が少々小柄なこともあり、気に掛かるようで。乳母に任せておけと言っているのですがね。まぁ夕食はご一緒すると思いますよ」

「楽しみにしておりますわ」

朗《ほが》らかに笑うケイティは、社交というものを心得ている。侯爵令嬢だけあって、こういうところはそつがない。

「ちなみに美容オイルとは、どのような効能がありますの？」

ずっと黙って、お淑《しと》やかにお茶を飲んでいたトレイシーが口を開いた。コルスト卿はよくぞ聞いてくれたとでも言いたそうに話し始める。

「様々な効果がありますが、一番は肌のトラブル解消でしょうね」

「それは、ニキビなどにも効きますの？」

「はい。保湿や肌の老化を抑える働きもありますよ」

トレイシーはそれを聞き、顔をほころばせた。年頃の女性ゆえに、容姿への悩みはつきないのだろう。

「素晴らしいですわね。私にも使わせていただけるかしら？」

「もちろんです。他のご令嬢方も、どうぞお試しください。グラストルでも話題になること、間違いなしの製品ですから」

コルスト卿は自慢げに語っているが、先ほどから特産品の詳細については明言を避けている。経済的価値を持つ情報だから、トップシークレットなのかもしれない。

「ごちそうさまでした。お腹がいっぱいになったことですし、わたくしのお部屋を見せていただこうかしら？」

ケイティがナプキンで口元を押さえながら、話の流れをぶった切る。栄養状態が良く肌もツヤツヤの彼女には、美容の悩みなどないのかもしれない。

「承知しました。ではメイドにご案内させましょう。ご確認いただきながら、荷解きもさせていただければと思います」

コルスト卿の指示でメイド数人が同行し、全員で二階へ向かう。螺旋階段を上りきった先、目の前にあるのがケイティの客室だ。

「ここがわたくしのお部屋ですのね」

扉の中に入ると、予想通りアリスの部屋より大きかった。クローゼットや暖炉は同じだが、ベッドは天蓋《てんがい》付きで、軽く揺らしたくらいではビクともしないほどがっしりしている。

「なかなか素敵ですわね」

ケイティは値踏みするように、ふかふかの布団に手を置いた。柔らかさを確認し終えると、メイドのほうを向いて口を開く。

「では荷解きをお願いしますわ」

「畏《かしこ》まりました」

メイドたちがトランクからドレスを取り出し、テキパキとクローゼットに収納していく。

パールとクリスタルを手刺繍で縫い留めた豪華なものから、最近ご令嬢方の間で人気の一流モード商が手がけたもの、もちろん定番のものも押さえられている。

ドレスだけではなく、アクセサリーも持参したようだ。煌《きら》びやかな装身具が、山ほど宝石箱に入っている。

「圧巻のコレクションですわね。毎日着替えても、一ヶ月はかかりますわ」

トレイシーがほぅと感嘆のため息をつくと、ケイティはどこか誇らしげな笑みを浮かべる。

「せっかくの休暇ですもの。選ぶ楽しみがありませんとね。トレイシーのドレスも、ぜひ見せていただきたいですわ」

「いえ、私は」

当惑するトレイシーをよそに、ケイティはサイラスの腕を取る。

「サイラス様もご覧になりたいでしょう?」

「え、あぁ、そうだね」

サイラスが気のない返事をしたのは、ブレアを見ていたからだ。彼女は立ち姿も美しい。まるで女神の彫像のようだ。

「サイラス王子がそう、おっしゃるなら……」

トレイシーは気乗りしない様子で、皆を伴《ともな》い隣の部屋に入った。面積はケイティの居室と大差ないが、荷物が少ないので随分と広く見える。

荷解きをしても、トレイシーのドレスはケイティの半分にも満たない。流行や定番はきちんと押さえ、同グレードのものもあるようだが、ドレスもアクセサリーも圧倒的に見劣りがする。

代わりに書物が数冊あった。休暇旅行で本を読むなんて、トレイシーは読書家なのだろう。

「あら、これだけですの？」

ケイティに悪気はないのだろう。持たざる者の気持ちがわからないだけだ。

「……一週間ほどの滞在と、聞いておりましたから」

恨めしそうなトレイシーを見て、ブレアが言った。

「そちらのネックレスは、随分と良い品デスね。ダイヤモンド、デスカ？」

ブレアが指さしていたのは、粒ぞろいの大きなダイヤのネックレスだった。ずっしりと重量感があり、確かにひと目見て高価なものだとわかる。

「おわかりになりまして？　実はプラウズ子爵家に、代々伝わるものなんですの。今回は特別にお母様にお借りしたのですわ」

「まぁ悪くありませんわね。わたくしは同じようなものを、幾つか持っていますけれど」

相変わらずケイティは一言多い。トレイシーがまた気落ちしそうになったからか、ブレアが笑顔で扉のほうへ進み出た。

「次はワタシ、デスね。参りマショウ」

さらに隣にあるブレアの部屋も、造りは同じだった。荷物の量は、ケイティとトレイシーの中間くらいで、やはり身分相応なのだなと思う。

「これは素敵なお召し物ですね。やはりオンスラールのものは、デザインが斬新でユニークだ」

サイラスが取り上げたドレスは、胸元にスリットが入っていて、確かに珍しかった。その分セクシーでもあり、彼の思惑を邪推してしまう。

「では夕食のときに、そのドレスを着マス」

「それは楽しみです。ブルネットにアイボリーのドレスは、さぞお似合いでしょう」

ブレアとサイラスが見つめ合うのが悔しかったのか、ケイティがクローゼットに近寄った。

「本当に素敵なドレスばかりですわ。わたくしもお借りしようかしら？　ねぇトレイシーもそう思うでしょう？」

「いえ、私は……サイズも違いますし」

「まぁ、そんなことおっしゃって。ほら、あなたもこちらに来て、もっと近くで見せていただきましょうよ」

「ちょ、待っ」

ガシャン。突然部屋に大きな音が響いた。

ケイティに腕を引っ張られ、トレイシーがサイドテーブルにぶつかったのだ。上にのっていた花瓶が落ち、生花と花瓶の破片が散らばって、絨毯《じゅうたん》に水が吸われていく。

「トレイシー嬢、お怪我はありませんか？」

真っ青になったトレイシーを、すぐさま気遣うサイラスはさすがだ。

「は、はい」

「嫌ですわ、トレイシーったら。不注意ですわよ」

ケイティが非難がましく言った。原因は彼女にもあると思うが、まるで自分は関係ないとでも言わんばかりだ。

「ごめんなさい、私」

「あら、わたくし名案を思いつきましたわ！」

トレイシーの謝罪を遮《さえぎ》り、ケイティは声高《こわだか》に続ける。

「ブレアと部屋を代わって差し上げるのです。こんな状態ではお気の毒ですもの。ね、それがいいですわ」

トレイシーが困った顔をして黙っているのは、荷解きが終わったばかりだからだろう。全てやり直すとなると、結構な時間が掛かる。

「わたくしたちのことは、気になさらないで。先にアリスのドレスを見せていただきますから」

ケイティの言葉を聞いて、アリスは大げさに手を振った。

「私の荷解きはもう終わっているわ。さっきお土産を出すときに、一緒に片付けたのよ」

そもそもアリスの荷物は、大半がお土産だ。ドレスは今着ているものだけで、あとは普段着のチュニックばかりだった。

「あらそうですの」

ケイティは心底残念そうだったが、すぐに切り替えて両手を合わせた。

「では散歩にでも出かけましょう。ブレアとトレイシーも、片付けと部屋の移動が終わったら、合流なさればいいわ」

ケイティは勝手に予定を決めてしまい、サイラスの背中を押して部屋を出て行ってしまう。残されたアリスたちが呆然《ぼうぜん》としていると、ブレアが口を開いた。

「行ってクダサイ、トレイシー。片付けはこちらでしマス。部屋を代わる必要はアリマセン」

「でも」

「ワタシは大丈夫。早く追いかけないと、ふたりを見失ってしまいマスよ」

ブレアに急《せ》かされ、迷っていたトレイシーも決心したようだった。申し訳なさそうにしながら、深く礼をして感謝を示す。

「ありがとうございます。このご恩は忘れませんわ」

トレイシーが急いでふたりの跡を追うと、ブレアはメイドと共に部屋の片付けを始めた。

「私も手伝うわ。ほらガウェインも」

アリスに声を掛けられ、ガウェインはサイドテーブルを元の位置に戻した。テキパキと割れた花瓶を拾う彼女を見て、ブレアが微笑む。

「ありがとうございマス。アリスは行かないのデスカ？」

「私はサイラスとお近づきになる必要はないもの」

「ガウェインがいるから、デスカ？」

ブレアは何気なく尋ねたのかもしれないが、アリスは花瓶の破片を落としてしまう。

「わ、私とガウェインは、そういう間柄じゃないわ！」

アリスの動揺を見て取り、ブレアは目を細めて笑う。

「そうデシタか、これは失礼しマシタ」

「ブレアこそ、貧乏くじを引かなくてもいいのに。あなたさえ良ければ、こちらで片付けておくわよ？」

「構いマセン。トレイシーに非はないデス」

ブレアは穏やかに答え、少し考えてから付け加える。

「侯爵家と子爵家、身分は大きく違いマス。トレイシーの手持ちのドレスや宝石が、ケイティより少ないのはわかっていマシタ。あんな風に見せびらかすのは感心しマセンね」

ケイティ以上に身分の高い令嬢はいないのだから、彼女のドレスの自慢大会になるのは、目に見えていた。しかし自分の財力を誇示するというほどの悪意があったとは思えず、アリスも強く止めるようなことはできなかったのだ。

「トレイシーに同情してるの？」

アリスの疑問に、ブレアは噴き出した。何がそこまでおかしいのか、大きく口を開け楽しそうに笑っている。

「まさか、同情ナド……。トレイシーはこの場にいるのデスよ？　チャンスはすでに与えられていマス」

ブレアの言いたいことがわかった。家柄や容姿、ある程度の基準を満たさなければ、そもそも招待すらされないのだ。

「残酷なことデスが、機会は平等に配分されマセン。トレイシーは十分幸運なのデスから、それを感謝し活かすべきデス」

「ならばブレアも、そうすべきじゃないの？」

ブレアはアリスの質問には答えず、ただニコニコとするばかりだった。

部屋の片付けが終わり、アリスはブレアをお茶に誘ったのだが、館の中を見て回りたいと断られてしまった。ガウェインも一緒にと言ったから、変な気を回したのかもしれない。

「なんだか、前途多難ね。ケイティも悪気はないんでしょうけど」

アリスはガウェインの部屋でダージリンを飲みながら、ふぅとため息をついた。彼はカップを持ったまま、眉間に皺を寄せている。

「兄上の気を引きたいのは、皆同じだからね。自分の周囲でああいったことが繰り返されるのは、やりきれないよ。兄上が気の毒だ」

「あら、ガウェインの周囲では起こらないの？」

ガウェインはひと口紅茶を飲み、胸を張って言った。

「僕は女性と関わり合うことがないから」

アリスは腕を組み、呆《あき》れたようにガウェインを見る。

「自信満々に言うこと？　第二王子だという立場が、全然わかってないんだから」

「だって僕には、ほら、アリスがいるし」

しどろもどろになりながら、ガウェインが言った。アリスのほうを見られずに、真っ赤な顔をしている。女性と親しくできないことが、よほど恥ずかしいのだろうか？

ガウェインが可哀想《かわいそう》になって、アリスはできるだけ優しく尋ねた。

「どなたか、気になるご令嬢はいないの？　今日出会ったお三方の誰かでもいいわよ」

こちらは親身になったつもりだが、なぜかガウェインは肩を落としている。投げやりな様子で、さして関心もなさそうに答えた。

「三人の中では、ブレア嬢に好感を持ったよ。気取らず、周囲をよく観察していて、とても聡明な女性だと思う」

ブレアに対しては、アリスも同じことを感じた。ガウェインは的確な人物評をしたと思うが、不思議と心が痛む。彼女のほうから、彼に尋ねたことなのに。

「アプローチ、してみたら？」

胸をチクチクさせながら提案すると、ガウェインは大げさに否定する。

「まさか。ブレア嬢には、兄上が関心を持っているみたいだし。それにオンスラールの女性だと、結婚が許されるかどうかもわからないよ」

アリスは自分でも驚くほど、安堵していた。

どうしてこんな気持ちになるのだろう。

「そう、ね。サイラスはブレアのドレスにだけ、興味津々だったし」

「……アリスは、僕がどこかの令嬢と懇意にしても平気なの？」

ガウェインの直向《ひたむ》きな視線は、アリスをまごつかせる。彼女がどう思おうが、彼の恋愛や結婚にはなんの影響もないはずなのに。

「わ、私はただ、ガウェインに協力できたらと思って。あなた、女性に免疫がないから」

「お節介だな、アリスは」

「そんな言い方」

「僕は今のままでいいんだ」

それはアリスの願いだ。ガウェインも同じことを思っていると知り、嬉しいようなこそばゆいような気持ちになる。

「僕たちが失った十年を、これから一緒に埋めていこうよ」

ガウェインはそんなことを考えていたのか。

あまりにも無謀だし、誰も歓迎しない。アリスにだけ都合が良すぎる。

「無理よ……。そのためにまた十年も費やすの？　サイラスが結婚すれば、次はガウェインの番よ。今のままでなんていられないわ」

自分で言いながら、アリスは悲しくなってくる。重々承知していることなのに、改めて口に出すとショックが大きい。

「アリスは何を怖がってるの？」

ガウェインの穏やかな声が耳に届き、アリスは顔を上げた。

いつの間にかうつむいて、震えていたのだ。

「未来なんて、どうなるかわからないんだよ？　そんな不確かなもののために、今を壊さなくていいんだ」

今を壊す――。そう、なのだろうか？

大事なものが多すぎるあまり、自分から手放そうとしている？

コーヘッドに追放されたとき、確かにアリスはドン底だった。これ以上失うものはないから、前だけを向いていられた。

「だとしても、時は止まらないのよ」

アリスは自分に言い聞かせるようにつぶやいた。どんなに今が心地よくても、彼女が心底幸せを望んでいても、世界が変わっていくのを阻《はば》むことはできないから。


「さて皆様、お揃いですね」

夕食の時間になり、再び大広間に全員が集まっていた。

場の主役はブレアだった。サイラスは彼女のドレス姿を絶賛しており、トレイシーもブレアへの感謝からか、しきりにドレスを褒めている。ケイティだけはサイラスとふたりきりになれず、主役の座も奪われて、どことなく不満そうだ。

ただ当のブレアはさほど嬉しそうでもなく、愛想笑いをしているだけだった。

「ディナーの前に、私の妻をご紹介しましょう」

「エマと申します。どうぞよろしくお願いいたします」

丁寧にお辞儀をするエマは、元から華奢《きゃしゃ》な女性のようだが、それにしたってやつれている。子育てによる疲労がたまっているのかもしれない。

「あら、赤ちゃんはいらっしゃいませんの？」

ケイティが尋ねると、申し訳なさそうにエマが言った。

「娘のルナは、よく泣きますの。皆様には、落ち着いてお食事をしていただきたいですから」

「まぁそうですの。きっと感受性が強くていらっしゃるのね。元気にお育ちになるよう、お祈りしておりますわ」

エマを励ますように、ケイティが温かい言葉を掛けた。やはり彼女は悪い娘ではない。ご婦人を気遣う心得があるのだから。

「それではいただきましょうか。うちのシェフが腕によりを掛けて作りましたので、ぜひお召し上がりください」

アスパラガスのスープに始まり、メインディッシュはライチョウのロースト。それに加えてチーズオムレツや鱈《たら》のレモンクリームパイなどが用意されている。

「こちらは今朝仕留めたライチョウなんですよ」

「美味しいですね。新鮮だからか、噛《か》むほどに肉汁が広がって」

「ありがとうございます。もし明日、狩猟に出かけられるようでしたら、獲物《えもの》を料理させていただきますよ」

「だそうだ。ガウェイン、明日は狩りにでも行こうか？」

「構いませんが、日の出とともに森へ繰り出すのは、お辛いのでは？　そんなにワインをお飲みになっては、朝起きられないでしょう」

兄弟の会話を隣で聞きながら、アリスは香ばしい肉の旨味《うまみ》を堪能《たんのう》する。普段の食事は野菜や豆ばかりだから、この旅行中はごちそう続きで舌が贅沢《ぜいたく》になってしまいそうだ。

「なぁにご令嬢が同行してくださるなら、起きられるさ。ブレア嬢も一緒にいかがです？　オンスラールでは、貴族の女性も狩猟をなさるでしょう？」

サイラスはよほどブレアにご執心なようだ。皆がその返答に注目する中、彼女は眉根を寄せて申し訳なさそうに言った。

「スミマセン、ワタシは朝が苦手なのデス。明日の朝食も、ご遠慮するつもりデスから」

「それは残念ですね。私は何度かオンスラールを訪問して、王家主催の狩猟大会に参加させていただいたこともあるのですよ。女性が多く高官に任命され、実に先進的な国家だと感じています。宮殿もベルプトン以上に立派ですし」

母国が褒められているのに、ブレアの表情は暗い。サイラスの賛辞を聞いていられなくなったらしく、静かにつぶやいた。

「それこそが、我が国の歪《いびつ》さを象徴していマス」

ブレアは沈んだ顔つきで、ナイフとフォークを置いた。

「あの豪華絢爛《けんらん》な宮殿は、オンスラール全土の富を集中させなけレバ、とても建造できるものではアリマセン。我が国はとても貧富の差が激しい国なのデス」

伯爵令嬢でありながら、ブレアは庶民の生活状況を憂《うれ》いているのだろうか。サイラスは高い見識のある彼女に、かなり心を動かされたらしい。

「ブレア嬢は物事の本質を見通し、常に問題意識を持っておられるのですね。あなたのような人が貴族の中に増えれば、オンスラールも良くなっていくでしょう」

サイラスが感じ入った様子でブレアを称えるが、彼女はまた微笑むだけ。

そのニコニコとした不思議な笑みが気になり、アリスが話しかけようとすると、大広間に慌ただしくメイドが入ってきた。

「旦那様……！」

メイドがコルスト卿に何事か耳打ちし、彼は顔をしかめる。

「どうかされましたか？」

ガウェインが尋ねると、コルスト卿は言いにくそうに口を開く。

「実は玄関ホールに飾っていた人形のドレスが、一部破けていたそうで」

「まぁ」「嫌ですわ」「不吉ですこと」

大広間がざわつく中、別のメイドが問題の人形を持ってやってきた。ドレスにかぎ裂きのような穴が開いていたのは、ブロンズ色の髪をしたケイティ人形だった。

「なんてこと！」

「ケイティ嬢、どうか落ち着いて。大丈夫です、人形のドレスですから」

サイラスが宥《なだ》めるが、ケイティの耳には届かない。

「こんなこと、信じられませんわ。怖いですわ、恐ろしいですわ。もしわたくしにも危害が加えられたら、あぁあぁどうしたらいいのでしょう？」

最早ケイティは錯乱状態で、ディナーどころではなくなってしまった。皆が見守る中、彼女は隣の談話室で横になるため、大広間を出て行く。

「どうか皆様は、お食事をお続けください」

コルスト卿はそう言い残して、ケイティの元に向かったが、もう楽しく食事をする雰囲気ではなくなっていた。トレイシーも青い顔をして、席を立ってしまう。

「申し訳ありませんが、お部屋に戻らせていただきますわ。気分が良くありませんの」

「では、メイドと共に」

「いえ、ひとりで大丈夫ですわ」

エマの提案を断り、トレイシーはひとりで部屋へ戻ってしまった。微妙な空気の中、ブレアだけが変わらず食事を続けていた。


砂を噛むようなディナーのあと、アリスは自室に戻って引きこもっていた。

一体誰がケイティ人形のドレスを破ったのだろう。ケイティがあそこまで不安定になるとは思わなかったけれど、嫌がらせにしては悪質すぎる。

人形は玄関ホールにずっとあったはずだが、見張りがいたわけではない。

こちらに到着したときは、間違いなくドレスに問題はなかった。しかしそれ以降の状態については自信がない。人形の側《そば》に行き、まじまじと眺めたわけではないのだ。

全員でのティータイムを終え、荷解きをし、ブレアの部屋の花瓶が割れた。サイラスとケイティは散歩に行き、トレイシーがそれを追いかける。

このあと、三人がどんな行動を取ったのか、いつ散歩が終わったのか、アリスは知らない。ブレアにしても、部屋を片付けるまで一緒だっただけだ。

そもそも招待客の中に犯人がいるとは限らない。使用人の誰かが誤ってドレスを破き、言い出せなかったという可能性もあるのだ。

コンコンコン。

部屋の扉がノックされ、アリスの思考は途切れた。彼女がドアを開けると、ガウェインが立っている。

「ちょっと話してもいいかな？」

「えぇ、もちろん」

アリスはガウェインを迎え入れると、彼に椅子《いす》を勧め自分も向かいに腰掛ける。

「ケイティ嬢は自室に戻ったよ。まだ兄上が側についているけど、幾分落ち着いたみたいだ」

「そう、良かったわ」

アリスがホッとして笑うと、ガウェインは複雑な表情を浮かべた。

「どうかしたの？」

「いや、人形のドレスの件、もしかしてケイティ嬢のお芝居なんじゃないか、って」

「自分で破ったって言うの？」

ガウェインが突拍子もないことを言い出すので、アリスは耳を疑う。

「あんなに怯《おび》えていて、それはないわよ」

「でも、兄上の気を引くには十分だろう？　今だって付きっ切りなんだし」

ケイティがサイラスの関心を得ようと、必死なのはわかる。しかし彼女がそんな大それたことをするとは思えなかった。

「結果的にケイティの望む形になっているかもしれないけれど、意図してそうしたとは思えないわ。彼女は策を弄《ろう》するタイプじゃないでしょう？」

「まぁ、ね。でも人は見かけによらないから」

ガウェインが警戒するのは、恋が人を変えさせることを知っているからだろう。ケイティを疑うのも無理はないが、結論を出すのは早すぎる。

「しばらく様子を見ていましょう。もし本当にサイラスの気を引くのが目的なら、次々と新しい事件を起こすはずよ。でないと、関心を集め続けることができないもの」

アリスの言葉を聞いて、ガウェインはしかつめ顔でうなずいた。兄を巡る恋の鞘《さや》当てを目《ま》の当たりにして、弟としてはナーバスになっているのかもしれない。

「そう、だね……。具合の悪くなった女性を疑うなんて、僕もどうかしているな」

「きっと長旅で疲れているのよ。今日はゆっくり休むといいわ」

もの柔らかに声を掛けると、ガウェインも納得したようだった。ゆっくりと立ち上がり、戸口に向かう。

「おやすみ、アリス」

「おやすみなさい」

ガウェインに就寝を勧めた以上、アリスもさっさと寝たほうがいい。彼女は寝間着に着替え、ふかふかの布団に潜り込んだ。

*

んぎゃぁ、ぎゃあん、んぁあぁ
夢現《うつつ》の中で、アリスは赤ちゃんの泣き声を聞いた。
よく泣くという、ルナの声だろうか？
確かに大きくうるさいけれど、元気な証《あかし》なのかもしれない。
明日はルナに会えるだろうか？
赤ちゃんを抱くのは久しぶりだ。
ルナもミルクの匂いがするのだろうか？
とりとめない考えが浮かんでは消える中、ルナの泣き声が急に止んだ。
不思議に思ったけれど、ようやく静寂が訪れ、アリスは深い眠りについたのだった。

Episode 2

第二章

引き裂かれたドレスと失われたダイヤモンド

昨晩、赤ちゃんの泣き声を聞いた、気がする。

確信が持てないのは、アリスが半分眠っていたからだ。夢だったのか、現実だったのか、どうにも判断がつかない。

ふぁあと欠伸《あくび》をしながら、アリスはクローゼットに近づいた。

一度は昨日のドレスを手に取るものの、わざわざ着替えのためにメイドを呼んで、コルセットを着けるのは億劫《おっくう》に感じて、結局いつものチュニックを選んだ。

他のご令嬢に何か言われるかもしれないが、そのときはそのときだ。

アリスは身支度をして部屋を出ると、廊下を曲がった先でケイティに出会った。ブレアに対抗してか、アイボリーの豪華なドレスを着ているが、顔色はあまり良くない。

「おはよう、ケイティ。昨日はよく眠れなかったの？」

アリスの問いにケイティ。ケイティはうなだれる。

「そうなんですの。破かれた人形のドレスが気になりまして」

ケイティが心ここにあらずなのは、事実なようだ。

あれほど他人のドレスが気になるケイティが、アリスを見て何も言わないのだから。ガウェインはお芝居を疑っていたけれど、やはり彼女があんなことをするとは思えない。

「おはようございます」

廊下での会話が聞こえたのか、トレイシーも部屋から出てきた。今日は濃紺《こん》のドレスを着ており、なぜか彼女も眠そうにしている。

「あなたも眠れなかったの？」

「ええ、まぁ」

「もしかして、赤ちゃんの泣き声のせい？」

アリスが尋《たず》ねると、トレイシーが首をかしげた。

「え？　いえ、私は聞いていませんけれど」

「あらそう。じゃあやっぱり夢だったのかしら」

頬《ほお》に手を添えて考え込んでいると、トレイシーが何か言いたそうにしている。

きっとアリスの質素な格好に戸惑っているのだ。普通のご令嬢なら当然の反応で、ケイティがいかに上の空かわかる。

「とりあえず大広間に行きましょうか。きっと朝食の用意ができていると思うわ」

三人で階下に降りると、赤ちゃんを抱くエマに会った。愛《いと》おしそうに娘をあやす姿は、見ていて微笑《ほほえ》ましい。

「おはようございます。そちらがルナちゃんですか？」

アリスが話しかけると、エマがにっこり笑って言った。

「ええ、そうなんですの。今朝はルナが落ち着いていますので、皆様にもご紹介しようと思いまして」

「まぁ可愛《かわい》らしい赤ちゃんですこと」

先ほどまでボンヤリしていたケイティだが、ルナを見て目が覚めたようだった。

「抱かせていただいてもよろしくて？」

「もちろんですわ」

エマからルナを受け取ると、ケイティはなかなか上手に抱き上げる。

「つい先日、姉に子どもが生まれましたのよ。わたくしも早く母親になりたいんですけれど、その前に結婚しなければなりませんわね」

ケイティはうら寂しそうに笑い、身体《からだ》を揺すりながらエマに尋ねた。

「ちなみにコルスト卿とは、どのようなご縁で結ばれたんですの？」

「主人と父が、ビジネスパートナーなのですわ」

エマは少し躊躇《ためら》う素振りを見せたが、口角を上げてハッキリと言った。

「実は私、貴族の出ではありませんの。私の父は海路を使って、遠い異国の毛皮やスパイス、穀物などを輸入する商人なのです」

貴族の男性が商人の娘と結婚する例は、あるにはあるがかなり稀《まれ》だ。

エマの父親は、恐らく一般的な商人ではない。まだ定期的な海上ルートは確立されていないから、危険を承知で貿易を行い、相当大きな利益を上げているのだろう。

「そうでしたの。貴族の仕来りに馴染《なじ》むのは、ご苦労もあったでしょう？」

ケイティは出自を気にするタイプではないらしい。エマはホッとした様子で答える。

「父は上流階級の方々と懇意にしていましたから、それほどでもありませんでしたわ」

「おや、皆さんお揃《そろ》いですね」

頭の上からサイラスの声が振ってきて、アリスは顔を上げた。王子ふたりが螺旋《らせん》階段を下りてくるところで、ブレアの姿はない。昨日話していた通り朝食は辞退するようだ。

ケイティはルナを抱いたまま、一階に辿《たど》り着いたサイラスに近づく。

「サイラス様、ご覧になってください。とても可愛らしい赤ちゃんですわ」

「本当だ。きっと美しいお嬢さんになるでしょうね」

エマは恐縮しつつも感激しており、サイラスの本領発揮というところだ。ガウェインはそんな兄を、少し羨《うらや》ましそうに見ている。

「サイラス様も、抱いて差し上げたらいかが？」

「僕で良ければ」

サイラスはルナを抱き上げるが、彼女はふぎゃふぎゃと泣き出してしまう。

「兄上、お尻をしっかり抱えませんと。足が下に落ちているので、居心地が悪いんですよ」

「こうか？　いや、こっちか」

試行錯誤するサイラスだったが、ルナはなかなか泣き止まない。

「悪い、ガウェイン頼む」

サイラスからルナを受け取り、ガウェインが抱いた途端、泣き声がぴたりと止んだ。彼女は安心したように、親指を吸い始める。

「意外な特技もあったものね」

思わず感心してしまい、アリスは口を押さえる。皆のいる前で親しげに振る舞いすぎだ。後悔する彼女をよそに、ガウェインがこちらを見て微笑む。

「アリスも抱かせてもらったら？」

エマを見るとうなずいてくれたので、アリスはそっとルナを抱いた。

小さな身体は柔らかく、まだ頼りないものの、必死で生きているのが伝わってくる。両手や胸元にルナの熱が感じられ、母性が湧き起こってくるようだ。

「なんだ、アリスも上手だね」

「昔、トーマスさんの息子さんのお世話を、お手伝いしたことがあったのよ」

「へぇ。僕は城下街を散策してると、よく抱いてほしいって言われるから」

そこが兄と弟の大きな違いだ。ガウェインはサイラスより、民との交流を大事にしている。人々に慕われていなければ、赤ちゃんを預けられることなどないだろう。

「ガウェインは、いいパパになるわね」

軽い気持ちで言っただけなのに、ガウェインはやけに嬉《うれ》しそうだ。頬を染めて、照れまくっている。

「そんな、嫌だな、僕はまだ父親なんて」

「別に今すぐ、どうという話ではないけど」

「わかってるよ。でも僕は子どもが好きだから、たくさん欲しいと思ってて」

「あらそう。好きにすれば」

「本当に？」

「何がよ？」

ふたりのやり取りを隣で聞いていたサイラスが、突然噴き出した。身体を折り曲げ、腹を抱えて笑っている。

「兄上！　何がおかしいんです？」

ガウェインは憤然としているが、サイラスは目尻を擦《こす》っている。

「こりゃ前途多難だ。長期戦を覚悟しなきゃならん」

「どこがですか。かなり進展しているのに」

「これで？　ガウェインも苦労しているな」

王子たちの会話の内容はよくわからないが、サイラスの笑い声で場が和《なご》んだのは事実だった。アリスはルナをエマに返し、皆で大広間に向かう。

テーブルにはコルスト卿が座っていて、全員が揃うのを待ちかねていたようだった。

「おはようございます。朝食の準備はできておりますよ」

テーブルには鹿肉のソーセージにポーチドエッグ、焼きたてのパンが並んでいる。

昨晩のディナーはケイティ人形の一件で、あまり食べた気がしなかった。それはアリスだけではなかったらしく、皆旺盛《おうせい》な食欲を見せた。

ただひとり、ケイティを除いて――。


「ごちそうさまでした。大変美味《おい》しかったですよ。特にソーセージは香りが良かったですね」

サイラスがナプキンで口元を拭いていると、コルスト卿が揉《も》み手をしながら言った。

「さすがサイラス王子、よくおわかりで。実はソーセージには、ローズマリーが練り込んであったんですよ。商店でもお求めになれますので、ぜひ一度足をお運びください」

隙《すき》あらばバイウォルズの魅力を訴えかけるコルスト卿に、サイラスは苦笑している。

「そうですか。っと、ガウェインはどうだ？　興味がある場所はあるか？」

「僕、はその」

急に話を振られ、ガウェインは答えに詰まっている。

正直アリスはあちこち見学してみたいけれど、あまり出しゃばるのは気が引けた。コルスト卿のアピール対象は、あくまでふたりの王子であって、彼女はオマケだからだ。

それに浮かない顔のケイティも心配だった。ルナに会って、少し気持ちを立て直したかに見えたけれど、食欲もあまりなく本調子とはいかない様子だ。

「まだ人形のドレスが破られたのを、気にしているのデスカ？」

いつの間にか、ブレアが大広間の出入り口に立っていた。

ブレアはケイティの側《そば》に歩み寄り、まるでずっとここにいたかのように続ける。

「せっかくの休暇デス、塞《ふさ》ぎ込むのは良くアリマセンよ」

「なんだか気味が悪くて」

肩を落とすケイティに、ブレアが親しげな笑顔を向けた。

「ドレスが破けているなら、直せばいいだけデス。良ければ教えて差し上げマスよ」

「でもわたくし、裁縫は得意じゃありませんの」

「少し縫うだけデス、簡単デスよ。ソーイングセットは、お持ちデショウ？」

「それはもちろん淑女ですもの。……じゃあ、お願いしようかしら？」

きっとブレアは、誰の味方でもないのだろう。

昨日はトレイシー、今日はケイティ。どちらであっても、窮地《きゅうち》に立たされていれば、手を差し伸べるのだ。

「でしたら、私たちは本でも読みませんこと？」

アリスに話しかけてきたのは、トレイシーだ。ブレアとケイティを見て、自分たちも何かしなければと思ったのだろう。

「そういえば、トレイシーは書物を持ってきていたわね」

「私、孤児院で読み聞かせの慈善活動をしておりますの。よろしければ、朗読いたしますわ」

「あら素敵ね。ぜひお願いするわ」

「ではお部屋に行って、書物を持ってきますわ」

トレイシーはなぜかホッとしたようにそそくさと大広間を出て行った。五分ほど経《た》ったころだろうか、だしぬけに甲高く鋭い声が聞こえてくる。

「きゃぁああぁ」

アリスは驚いて立ち上がり、真っ先に大広間を出た。玄関ホールから二階を見上げると、トレイシーが血相を変えて、倒《こ》けつ転《まろ》びつしながら、螺旋階段を駆け下りてくる。

何かに怯《おび》え、逃げているのは明白で、アリスは二階の廊下に視線を移した。

「誰？」

知らない男が歩いている。目はうつろで、どこを見ているかわからない。言葉は発しているものの、意味を汲《く》み取ることはできなかった。

「助け、て」

トレイシーが這々《ほうほう》の体《てい》でホールに辿り着くと、こちらに向かってくる。アリスは彼女を抱き留めるものの、身体が硬直して動かない。

早く逃げなければ――。

頭ではわかっているのに、腰が抜け、その場にしゃがみ込んでしまう。

男のほうはというと、すでに螺旋階段まで来ていた。

ぶらぶら身体を揺らしながらステップを下り始めるが、突如として手摺《てすり》に上り、何を思ったのかホールに飛び降りる。

「あぅあぁあ」

男は拳《こぶし》を振り上げ、こちらに襲いかかってきた。アリスはとっさにトレイシーを庇《かば》い、ギュッと目を瞑《つむ》る。

痛みと衝撃を覚悟したが、何も起こらなかった。

不思議に思って、そっと目を開けると、ガウェインが男と争っている。彼は迫り来る拳を右腕で受け、脇腹に向かって繰り出される蹴りを身体を捻《ひね》ってかわす。

「うがぁあっ」

思うように攻撃が決まらないせいか、男がイライラし始めた。腹立ち紛《まぎ》れに腕を振り回すけれど、余計にパンチは当たらない。

その一方で、ガウェインの身体さばきは実にしなやかだった。攻撃をかわしているのか、ダンスをしているのかわからないほどで、男を挑発しているようにさえ見える。

業《ごう》を煮やした男が、ついに胸元からナイフを取り出した。よろけながらも、真っ直ぐガウェインに向かっていく。

「危ない！」

アリスが声を上げても、ガウェインは冷静だった。間髪容《かんはつい》れず男の懐《ふところ》に飛び込み、ナイフを持つ手を蹴り上げる。

男が得物《えもの》を取り落とした瞬間、ガウェインは狙いを定めて、下顎《あご》に右拳を叩き込んだ。グラッと男の身体が揺れたかと思うと、そのままドーンと真後ろに倒れてしまう。

ガウェインはいつの間に、こんな格闘技を身につけたのだろう。彼の華麗な戦いぶりに、アリスの胸は不覚にもときめく。

「いやぁ、お見事！」

サイラスの声が聞こえ、パチパチという拍手の音がした。

「やるじゃないか、ガウェイン。日頃の鍛錬が実を結んだね」

「ありがとうございます。しかし、こやつは何者でしょう？」

ガウェインは乱れた服装を整えているものの、息切れもしていない。彼の活躍を目にして、サイラス贔屓《びいき》のケイティやトレイシーまで、うっとりした表情を浮かべている。

どうしたのだろう？　胸がざわつく。

助けてもらって嬉しいし、早く感謝を示さなければと思うのに、ガウェインに声が掛けられない。皆が彼に駆け寄り、賛辞を送れば送るほど、アリスの心は不快に打ち鳴らされる。

ガウェインの活躍を称えたいのに、ちやほやされる彼を見ていられない。そんな自分が苛立《いらだ》たしく、込み上げる嫌悪感を抑えるのがやっとだ。

「大丈夫？　どこか痛いところは？」

アリスが黙りこくっているからか、ガウェインがこちらを気遣ってくれる。でもその優しさが、ますます彼女の動揺を呼び、身体が縮こまってしまう。

「私は、平気よ」

どうにか答えられたものの、このすげない態度はどうなんだろう。まず先に御礼を言うべきではないのか。アリスは自分自身が嫌になって、顔を上げると同時に口を開く。

「助かったわ、ありが、って怪我してるじゃない！」

アリスの気遣いばかりして、ガウェインの右拳には血が滲《にじ》んでいた。最後に男を殴ったときに、傷を負ったのだろう。

「これくらい大したこと」

「ダメよ、バイ菌が入ったらどうするの」

アリスはガウェインの手を取ると、ハンカチーフを取り出して彼の傷を包んだ。

「さぁこれで大丈夫」

「ありがとう」

ふたりの視線が交わり、アリスは反射的にガウェインの手を離した。手に触れたことなんて初めてではないし、なんなら彼の胸で泣いたことさえある。

それなのにどうして、こんなにもドキドキするのだろう。

「あの、あとでちゃんと、消毒したほうがいいわ。ハーブオイルは、コルスト卿に渡したお土産《みやげ》以外にも、まだあるから」

「さすがアリスは、用意がいいね」

ガウェインがにこっと笑うと、アリスは顔が赤くなるのを感じた。もう向かい合っていられず、彼に背を向けてしまう。

「それほどでも、ないわ」

どう考えても身体の調子がおかしい。まるで体温調節ができなくなったみたいだ。のぼせたみたいに頬が熱く、全身が火照《ほて》って、おまけに動悸《どうき》もひどい。

「アリス、どうかしたの?」

ガウェインの存在を背後に感じて、アリスは急いで首を左右に振った。

乱闘騒ぎを目《ま》の当たりにして、気が動転しているのだとは思うが、こんな状態では日常生活に支障が出てしまう。

アリスは両頬をペチッと叩き、気合いを入れ直した。

今は目の前のことに集中しよう。

得体の知れない男が館に侵入し、襲いかかってきたのだ。ガウェインのおかげで、ひとまず安全は確保されたけれど、予断を許さない状況であることに変わりはない。

「大広間に集まりましょう。今後の対策を考えなければならないわ」

これほどの騒ぎがあったわりに、コルスト卿は冷静だった。

召し使いたちに次々と指示を出し、事態の収拾を図っていく。気絶した男に猿轡《さるぐつわ》を噛《か》ませて縛り上げ、自警団に使いをやり、客人には気付けにとブランデー入りの紅茶を用意させ……。

テキパキと動くコルスト卿は、実に頼もしい。館の主人である以前に、バイウォルズを治める者として、取り乱さないよう務めているのだろう。

「一体どこから、侵入したんだろうな？」

サイラスの独り言のような問いに、コルスト卿が言いにくそうに答えた。

「……あの男は、以前こちらで雇っていた庭師です。合い鍵を持たせていたので、勝手に複製したのでしょう」

「なるほど。鍵があるなら、いつでも入ってこられますね」

「えぇ。先ほど召し使いに確認しましたが、きちんと戸締まりはしていたようですし、その他に外部から侵入した形跡もなかったようです」

コルスト卿は落胆し、げんなりした様子で続ける。

「酒癖が悪くてクビにされたことを、恨んでいたのかもしれません。ご迷惑をおかけして、誠に申し訳ないです」

コルスト卿の落ち着きぶりは面識のある人物だったからのようだ。常日頃何かやりかねない男だと、疑っていたのかもしれない。

しかしあれは酒のせい、なのだろうか？　到底正気に見えなかったのは事実だが、泥酔とはまた違うように思われたのだが。

「いやいや、ご自分をお責めになることはありませんよ。ただこういったことがありますと、滞在を早めに切り上げることも検討しなければなりませんね」

「そんな、まぁそう、おっしゃらずに」

コルスト卿は大慌《あわ》てだが、ガウェインもサイラスに賛成する。

「結果的に大事にはなりませんでしたが、誰が大怪我をしてもおかしくない状況でしたからね。我々もそうですが、ご令嬢方の安全を考えればやむを得ないでしょう」

ふたりの王子に挟まれて、コルスト卿は弱り切っている。ハンカチーフで額を拭きながら、一生懸命に嘆願した。

「どうか、結論をお急ぎにならないよう……。自警団の者が来れば警備も頼みますし、万事速やかに対処させていただきます。お発ちになるにしても、今すぐ馬車のご準備はできませんから」

治安が悪いなどという噂《うわさ》が広がれば、これまで積み重ねてきた努力が水の泡になる。

コルスト卿の狼狽《ろうばい》は理解できるが、ガウェインの健闘がなければ、アリスだってどうなっていたかわからない。王子たちの意見は尤《もっと》もだ。

「もちろん今すぐにとは、考えていませんが」

サイラスはコルスト卿を安心させるように言ったけれど、ケイティは過剰に反応する。

「わたくしは今すぐにでも、帰りたいですわ」

ケイティの顔は今朝よりも青白く、ブランデー入りの紅茶も効果がないようだ。身体を強《こわ》ばらせ、心底怯えきっている。

「そんなに怖がらなくてもいいと思いマスよ。人形のドレスを破ったのがあの男なら、一件落着デス」

ブレアが明るい声を出したので、アリスもすぐに「そうね」と同調した。ケイティを落ち着かせるのが、何よりも先決だと思ったのだ。

「あの男が目覚めれば、いろいろわかるでしょう。私たちも捜査に協力すれば、早々に事件は解決するはずよ」

「被害を受けたのはこちらなのに、そんなことまでしなければなりませんの？」

トレイシーが震え上がり、眉根を寄せて泣きそうな顔をする。確かに貴族のご令嬢には、荷が重いかもしれない。

「いいわ、私が代表して証言しましょう。トレイシーが自分の部屋に、書物を取りに行ってからのことを教えてくれるかしら？」

アリスが尋ねると、トレイシーは一瞬目を泳がせた。思い出すのも恐ろしいのか、彼女は静かに深呼吸してから口を開く。

「部屋を出たら、あの男が廊下の角を曲がってくるところでしたの。私驚いてしまって、大急ぎで階段を駆け下りたのですわ」

「ありがとう、自警団にはそのように伝えておくわ」

「アリスが詰め所に行くなら、僕も行くよ」

ガウェインがこちらを見て微笑んでおり、アリスは慌てて顔を背《そむ》けた。

しかしもう動悸はしない。やはり気のせいだったようだ。あんな大立ち回りがあったから、一時的に心が乱れていたのだろう。

「私はひとりでも平気よ」

「正当防衛とは言え、僕があの男を気絶させてしまったからね。自警団の人たちも、状況を知りたいだろうし」

「それは……そうね。まぁ来たければ、来ればいいわ」

きっとガウェインのことだから、アリスひとりだと心細いんじゃないかなどと、気を回しているのだろう。彼の温かい気持ちがわかるから、ありがたい反面、気恥ずかしくなってしまう。

「すみません、自警団の者です。連絡を受けて参りました」

玄関ホールから、大きな声が聞こえてきた。アリスが大広間を出ると、自警団員らしい大柄な若者が立っている。

「よく来てくれました。ありがとうございます」

コルスト卿が率先して応対に向かい、まだ気を失っている男を見ながら言った。

「こちらの男が館に不法侵入しましてね、客人に襲いかかったのです。以前庭師として雇っていた男でして、身元もしっかりしていたんですが」

「それは災難でしたね。仕事にあぶれて貧困に陥《おちい》ると、犯罪に向かう者も多いですから。詳しい話は詰め所で聞きますよ」

若者が結構な力で男の頬を叩くと、さすがに目が覚めたようだった。彼は目をぎょろつかせ、自分の置かれた状況を知って青くなっている。

「もう危険はないと思いますが、念のためにパトロールを強化してもらえませんか。客人が不安を感じておられますので」

「了解です。館周辺の警備も増やしておきますよ。ほら、立て」

男が若者に引っ立てられ、なんとか歩き出すと、ガウェインが前に進み出た。

「僕も一緒に行ってもいいかな？　状況を説明する人間がいたほうがいいだろう？」

若者はギョッとして、中途半端な笑みを浮かべる。

「いや、えぇまぁそうなんですが、ガウェイン王子にご足労いただくわけには参りません。この男の話が要領を得なければ、改めてこちらから館にお伺いいたします」

「僕は構わないよ。せっかくだから、自警団の詰め所も見せてもらいたいし」

ガウェインにそこまで言われては、断るわけにもいかなくなったのだろう。若者はビシッと敬礼をして言った。

「……わかりました。では後ほどお迎えに上がります。こちらもガウェイン王子にお越しいただくのであれば、準備の時間が必要ですので」

「すまないね。かえって気を遣わせてしまったかな？」

「いえ、ガウェイン王子にご来訪いただければ、皆の士気も上がると思います」

若者は礼儀正しくハキハキと答え、男と共に館を出て行く。ふたりを見送ってから、コルスト卿が口角を上げて言った。

「先ほどお聞きになった通り、防犯対策も強化しております。どうぞ気を取り直して、ショッピングやレジャーに興じていただければ幸いです」

コルスト卿の発言は、皆の懸念を意識したものだろう。しかし誰の表情も晴れず、ケイティに至っては立っているのも辛そうだ。

「ご自分の部屋で、お休みになったらいかがデス？」

見かねたブレアが提案し、ケイティが「……そうですわね」とうなずく。確かに今の彼女に必要なのは、休息以外になさそうだ。

「でしたら私も、休ませていただこうかしら」

トレイシーまでそんなことを言い出し、コルスト卿はがっくりと肩を落とす。

「ではお部屋に、ホットミルクをお持ちいたしましょう」

いろいろ思うところはあっても、招待客に無理を言うことはできないのだろう。三人の令嬢は螺旋階段を上がり、コルスト卿は召し使いに飲み物の用意を命じる。

「さて、と。アリスはどうする?」

ガウェインに問われ、アリスは少し考え込む。

「少し状況を整理したいわね。あの男が以前ここで雇われていたなら、他の召し使いから人となりを聞いてみるのも」

絹を裂くような叫び声で、アリスの言葉はかき消された。

「どうしたの!」

アリスが二階の廊下を見上げると、ブレアが手摺《てすり》から身を乗り出して言った。

「ケイティのドレスが、破かれていマス……!」

「なんですって?」

取るものも取りあえず階段を駆け上がると、ケイティが扉口でへたり込んでいた。

部屋の中央には、かつて豪華なドレスだったものが散らばっていた。金糸や銀糸、レースが細かく切り刻まれ、八つ裂きと言ってもいい状態だ。

恐らく、ケイティ人形に見立てたのだろう。

わからないのは滅多《めった》斬《ぎ》りにした理由だ。人形のドレスは破かれたと言っても、かぎ裂き程度。ここまでする必要はないし、無駄に時間が掛かるだけだ。

アリスはドレスの切れ端を、ひとつ拾い上げた。使われたのは鋭利な何か、真っ先に思いつくのはあの男のナイフだが、本当に彼がやったのだろうか。

「ドレスの次はわたくしですわ。あぁ、殺される！」

ケイティが金切り声を上げ、サイラスに縋《すが》った。彼は彼女を抱きしめ、優しく頭を撫《な》でる。

「落ち着いて、大丈夫ですよ。きっと犯人は、あの男です。もうここにはいないのだから、ケイティ嬢に危害を加える者はいません」

サイラスがいくら宥《なだ》めても、ケイティには聞こえていないようだった。譫言《うわごと》のように「怖い怖い」と繰り返している。

「ケイティ嬢は、僕の部屋に連れて行くよ。ここにいたら、追い詰められるだけだ」

「ええ、それがいいと思います」

ガウェインがうなずき、サイラスとケイティが部屋を出て行く。

「恐怖を煽《あお》るには、手が込んでいるわね……」

アリスは痛ましい気持ちでふたりを見送り、残った面々に向けて言った。

「他の人形も、確認したほうがいいかもしれないわ」

「では私が持って参りましょう」

責任を感じているのか、コルスト卿が自ら申し出て階下に降りて行く。彼はテーブルの人形を摑《つか》むと、一瞬手を止めたようだった。

「何かありましたの？」

トレイシーが心許《もと》ない声を上げた。ケイティの様子を目の当たりにすれば、怖くならないほうがおかしいだろう。

コルスト卿はそれには答えず、黙って階段を上ってくる。彼は沈痛な面持ちで、トレイシーに人形を渡した。

「ネックレスがありませんわ！」

「まだ何か起こると決まったわけでは」

コルスト卿の言葉など、トレイシーはもう聞いていなかった。大急ぎで自分の部屋に向かい、引っ摑むようにしてドアノブを回す。

クローゼットに駆け寄り宝石箱を取り出すが、トレイシーが鍵を差し込むまでもなく、鍵穴にはこじ開けられた跡があった。

トレイシーは恐る恐る蓋《ふた》を開け、そのまま宝石箱を床に落としてしまう。

「あぁ、なんてこと」

バラバラとアクセサリーが散らばるけれど、あのネックレスはなかった。プラウズ子爵家に代々伝わるという、ダイヤモンドのネックレスは――。

「トレイシー嬢！」

ショックのせいか、足下がふらついたトレイシーを、ガウェインが受け止めた。

「大丈夫ですか？」

「え、ええ」

トレイシーは両手で顔を覆《おお》い、嗚咽《おえつ》を漏《も》らす。

「もう嫌、ですわ。私、この部屋には、いたくありません」

「ではケイティ嬢と共に、兄上の部屋で休まれては。あそこは二間続きになっていて、ツインとダブルになっていますから」

ガウェインの言葉に、トレイシーは黙って従う。彼がこちらに目配せをしたので、アリスは軽くうなずいた。

ふたりが部屋を出てから、アリスはブレアのほうを向いた。

「あなたの人形は大丈夫なの？」

「ハイ。特に問題はないようデス」

ブレアは人形を検《あらた》めながら答えると、当惑した笑みを浮かべる。

「ワタシだけが被害に遭わないなら、疑われても仕方アリマセンね」

「そういうことは、口に出さないほうがいいわ」

アリスは唇に人差し指を立てた。ブレアが言わなくても、そのうち誰かが言い出しそうなことだったが、自ら窮地に追い込まれる必要はない。

ブレアを庇うつもりはなかったけれど、今の状況だけで判断できることではないのだ。

アリスは落ちた宝石箱を拾い上げ、アクセサリーを元通りに仕舞った。蓋を閉じて鍵穴を観察するが、力任せに開けたようで歪《いびつ》な形状になってしまっている。

「旦那様！　自警団の方がいらっしゃいました」

階下でメイドが大きな声を出した。アリスはテーブルの上に宝石箱を置き、コルスト卿と共に部屋を出る。玄関ホールを見下ろすと、先ほどの若者が立っていた。

「じゃあ行こうか、アリス」

トレイシーをサイラスに預けたのか、ガウェインが廊下の向こうから、こちらに歩いてくる。アリスは「えぇ」と答え、先に階段を下りたのだった。

＊

「トレイシーの様子はどう？」

自警団が用意してくれた馬車に揺られながら、アリスはガウェインに尋ねた。

「兄上が親身になって話を聞いてくれるので、落ち着いたようだよ」

「そう。サイラスの得意分野だけあるわね」

「まぁね。それが諍《いさか》いの種になることもあるんだけど……」

サイラスは良くも悪くも八方美人で、特別な相手などいない。それでも優しい言葉を掛けられると、ご令嬢方は舞い上がってしまうから、取っ組み合いの大喧嘩《おおげんか》なんてことになるのだ。

「さすがにケイティとトレイシーが、争うことはないでしょう。ふたりとも参っているもの」

「あぁ。犯人が見つからない限り、ふたりに平穏は訪れないだろうね。アリスはやっぱり、あの男がやったと思う？」

「そうだったらいいな、と思っているわ」

ガウェインはハッとして、すぐ眉間《みけん》に皺《しわ》を寄せた。館の戸締まりが完璧だったという、コルスト卿の話を思い出したのだろう。

「本当だね。あの男でないとしたら、館の中の誰か、ということになってしまう」

「誰か、ね……」

「アリスはもう、犯人の目星がついているの？」

尊敬の眼差《まなざ》しで見つめられ、アリスは茶化すように笑う。

「まさか。私かもしれない、ってだけよ」

「アリスがそんなこと、するわけないだろう！」

ガウェインがすごい剣幕で否定するので、思わず両耳を押さえた。

「もう、冗談じゃないの」

「冗談でもそんなこと言わないでくれ」

どうやら悪ふざけが過ぎたらしい。立腹するガウェインに向かって、アリスは素直に謝る。

「わかったわ、ごめんなさい。とにかく今のところ、ブレアの人形だけが無事なのよ。彼女が一番不利な状況にあるわ」

「でも動機がないだろう？」

「皆サイラスの歓心を得るために、バイウォルズへ来たのよ。ライバルを減らすためなら、なんだってするんじゃやない？」

サイラスを巡った女同士の壮絶な争いなど、何度も目にしているくせに、ガウェインは心を痛めて青くなっている。

「すまない。とんだ休暇旅行になってしまって」

「あら、それは気にしないで」

アリスは即答し、ガウェインを元気づけるように言った。

「貴族の優雅な休暇より、かえって私らしい感じがするわ。もちろん事件が起こって良かったなんて思ってないし、必ず解決しないといけないけれど」

ガウェインは安堵《あんど》したような、寂しいような、複雑な表情を浮かべている。

「僕はアリスが、乗馬や川遊びをしてもいいと思ってるよ」

「落ち着いたら川遊びくらいしてもいいわ。ここは自然が美しいもの」

アリスの言葉を聞いて、ガウェインは嬉しそうに笑った。彼はどうあっても、彼女を貴族の遊びに付き合わせたいらしい。

今だけご令嬢の仲間入りをしても、アリスはまた元の質素な生活に戻る。煌《きら》びやかな世界を体験することは、彼女にとって残酷でもあるのだが、ガウェインにはわからないのだろう。

ガウェインは「今のままでいい」と言った。

想いが通じ合っている気がして嬉しかったけれど、ガウェインが見つめているのは、今ではなく過去だ。伯爵令嬢だった頃のアリスを、引き摺《ず》っているのだろう。

ガウェインが昔を懐かしむ気持ちはわかる。アリスだって同じだから。

でも元に戻れるなんて、思わないでほしい。それはとても、罪深いことだ。

「なんにせよ、早くけりを付けたいものね」

アリスのつぶやきに、ガウェインは強くうなずくのだった。

自警団の詰め所は、高さのある切妻《きりつま》式の屋根に、煉瓦《れんが》塀のしっかりした建物だった。入り口には先ほどの若者が立っていて、ふたりを迎えてくれる。

「ようこそいらっしゃいました。狭苦しいところですが、どうぞお入りください」

若者に続いて中に入ると、内部は壁によって二部屋に仕切られていた。入り口のある広い側が事務所になっており、仕切り壁に面して暖炉が設けられている。

「隣の部屋が、牢《ろう》になっているんですか？」

「いいえ、あちらは仮眠室です。吹き抜けの通路を通った向こう側に、半地下のスペースがありまして、そちらを牢として使用しています」

「尋問はこれからですか？　良かったら私たちも、同席させてもらいたいのですが」

アリスが頼むと、若者は大きく手を左右に振った。

「とんでもない！　何をしでかすかわからないんですよ」

危うく高貴な客人に怪我を負わせるところだったせいか、自警団も神経質になっているようだ。

これ以上バイウォルズのイメージを損ねたくないのだろう。

アリスは諦《あきら》めて、別の質問をする。

「彼は何か、侵入の動機について話していましたか？」

「いいえ、特には。呂律《ろれつ》が回っておらず、要領を得ない部分もあるんですが」

「私たちが滞在してることを、彼は知っていたのでしょうか？」

「多分。王子様方がいらっしゃることは、噂になっていましたので」

バイウォルズという小さな村に、王子が休暇旅行にやってくるなんて大ニュースだろう。その機に乗じて、良からぬことを企《たくら》む人間がいてもおかしくはない。

「盗難目的、だと思いますか？」

「どうでしょう。でもまだ、手はつけていないと思います。高価なものは何も持っていませんでしたから」

アリスはガウェインと顔を見合わせ、急いで尋ねる。

「所持品の検査をしたんですか?」

「ええ。ご覧になりますか?」

ふたりがうなずくと、若者は木箱を持ってきた。彼が言った通り、中には薄汚れた手ぬぐいと、ガウェインに斬《き》りかかったナイフ、それと鍵束しか入っていない。コルスト卿の館の鍵も、ここに交ざっているのだろう。

「これだけ、ですか?」

「はい」

アリスはナイフを手に取ってみた。さっきはよくわからなかったが、これは園芸用のナイフだ。枝や茎を切りやすいように、刃先が内側に湾曲している。

庭師というのは本当のようだが、これでドレスを切り裂き、宝石箱をこじ開けたとは思えなかった。ドレスの繊維は欠片《かけら》も付着しておらず、刃先もこぼれていないのだ。

「ガウェイン、ちょっと」

アリスはガウェインの腕を引き、部屋の隅《すみ》まで連れて行く。

「どうしたの?」

「ドレスとネックレスについては、しばらく自警団に伏せておきましょう。残念だけど、あの男は犯人ではないと思うし、事件が終わってないなら捜査が継続されてしまうわ」

ガウェインは難しい顔をして、顎に手を添える。

「自警団が館に押し掛けたら、ケイティやトレイシーには負担だろうね」

「ええ。表向きは、あの男が犯人というのが、一番収まりがいいわ。皆にはネックレスはどこかに隠していて、自白を待っているということにしておきましょうか」

「あのー、そろそろ、事情聴取を始めたいのですが……」

若者がふたりの様子を窺《うかが》うように声を掛けた。

「あら、ごめんなさい。どうぞなんでも、お尋ねになってください」

アリスは急いで返事をすると、ガウェインと共に粗末な椅子《いす》に腰掛けたのだった。

＊

夕闇《やみ》が迫る中、コルスト卿の館に戻ると、火が消えたように静まりかえっていた。ふたりの足音だけが玄関ホールに響き、誰も出迎えには来ない。

「皆、どうしたのかしら？」

「立て続けにいろいろあったから、塞ぎ込んでいるのかもしれない」

「そうね……」

アリスはため息をついて、大広間に続く談話室の扉の前に立った。中からかすかに話し声が聞こえて、彼女はノックをする。

話し声がピタッと止み、サイラスの声が聞こえた。

「どうぞ」

テーブルに並んで座っていたのは、サイラスとブレアだった。ふたりの前には三体の人形が並び、なんとも和やかな光景だ。

「お邪魔だったかしら？」

アリスが尋ねると、ブレアがニコッと笑った。

「いいえ。今人形のドレスを、縫い終わったところデス」

「ブレア嬢は、すごく針仕事が上手でね。ほら、縫い目もほとんど目立たないんだ」

サイラスがブレアを褒め、彼女は照れたような笑みを浮かべる。アリスはケイティ人形を手に取った。薄手で柔らかい布にもかかわらず、上手く縫われている。

「本当だわ、これは熟練の技ね」

「ありがとうございマス。トレイシー人形のネックレスも、ビーズで拵《こしら》えてみマシタ」

「いいじゃない。とっても素敵だわ」

アリスが絶賛すると、ブレアは人形の頭を優しく撫でた。

「ふたりはもう人形など見たくもないデショウが、それだとこの子たちが可哀想《かわいそう》デスから」

残念だがブレアの言う通りだろう。ご令嬢方なら豪華で煌びやかな人形を幾つも持っているはずだし、この素朴で不幸を想起させる人形に、愛着を持てないのは仕方がない。

「ふたりはまだ、サイラスの部屋にいるの？」

「あぁ。ホットミルクを飲んで、今はよく眠っている。ブレア嬢が手厚く世話をしてくれてね。随《ずい》分《ぶん》と助かったよ」

サイラスがご令嬢に賛辞を贈るなんて、珍しくもないことだ。むしろ何かしら見つけ出してでも、賞賛しているくらいだが、今回は何か違う。

ブレアを見つめる瞳が輝いている。それはサイラスがこれまで、数々のご令嬢から向けられてきた視線と同じものだ。

なぜブレアだけが、特別にサイラスの心を惹《ひ》きつけたのだろう？

「ところであの男は、トレイシーのネックレスを持っていたのデスカ？」

ふいにブレアから質問があり、アリスは急いで頭を切り替える。

「いえ、持っていなかったわ」

どこかに隠しているのかもと言う前に、ブレアが「デショウね……」とつぶやいた。

「人形で犯行を予告し、そのあとで実際にやって見せる計画性は、あの男からは感じられマセン。あんな風に襲いかかるのは、衝動的な人間のすることデス」

なんという観察眼だろう。

これだけ聡明な女性が相手だと、あの男が犯人だという建前は意味をなさない。アリスは事実を話すと決めて口を開く。

「あの男は、二階廊下の奥から現れたものね。ケイティとトレイシーの部屋で犯行を終えたあと、さらに他の部屋を物色する暇はなかったはずよ」

「でも途中で誰かが上がってくる音に気づいて、逃げ出した可能性も」

ガウェインが口を挟み、アリスは首を左右に振った。

「慌てて逃げたなら、戻ってくる必要はないでしょう？　ほとぼりが冷めるまで、どこかに隠れていればいいいだけだわ」

会話を聞いていたサイラスが、パチパチと手を叩いた。

「すごいな、ふたりとも。僕はてっきり、あの男がやったと思い込んでいたよ」

サイラスは純粋に感心している様子で、無邪気に尋ねる。

「しかし、じゃあ犯人は誰なんだ？」

質問はシンプルだが、答えるのは難しい。それにサイラスは気づいているのだろうか、目下のところ、犯人の最有力候補はブレアだということに。

「トレイシーは今朝部屋を出るマデ、宝石箱に異状はなかったと言っていマシタ。ケイティのドレスについても同じことが言えマスから、犯行時刻は皆さんの朝食中デス。犯人はその間ひとりだった人物……」

ブレアは後ろ暗い様子もなく、背筋をしゃんと伸ばして言った。

「つまり、ワタシ、ということになりマスね」

皆呆気《あっけ》にとられていた。こんなに堂々とした自白があるだろうか。

「何を言い出すんだ、ブレア嬢」

サイラスは困惑するが、ブレアは真っ直ぐこちらを見つめている。

「アリスは、気がついていたのデショウ？」

三人の視線を一身に集め、アリスは渋々答えた。

「トレイシーのネックレスを盗むだけならともかく、ケイティのドレスをあれだけ派手に切り裂くには、かなりの時間を要するわ。内部の人間がその両方を、私たちの朝食中にやり遂げるとしたら、ブレアにしか機会がなかったことになるのよ」

しかしこれほど大胆《だいたん》に白状されてしまうと、かえって疑いにくくなる。そもそもアリス自身、賢明なブレアが犯人だとは思えないのだ。

「待ってくれ、召し使いの誰かってことも考えられるだろう？」

サイラスが必死になってブレアを庇う。いつも飄々《ひょうひょう》としている彼には珍しく、本気で彼女に惚れ込んでいるらしいのが伝わってくる。

「朝食の配膳中、誰かが無断で長時間消えたら、さすがに気づかれるわよ」

アリスの答えに怯《ひる》んだサイラスが、懸命な様子で訴える。

「だとしても、ブレア嬢には動機がないだろう？」

ガウェインと言いサイラスと言い、自分たちが王子であることが、動機に繋《つな》がるとは考えないらしい。先ほどまでブレアとふたりきりだったことこそが、犯行の成果かもしれないのに。

でもそれを口にすることは憚《はばか》られた。もし一連の犯行が、サイラスの関心を引くためだとしたら、いくら彼でも傷つくだろう。

「アリス嬢、どうかブレア嬢の無実を明らかにしてくれないか」

サイラスが突然アリスに向かって頭を下げた。彼から頼み事をされるなんて、初めてのことだ。

彼女は気が動転して、とっさに聞き返す。

「私が？　今ブレアへの疑いを口にしたばかりなのに」

「アリス嬢は信じてないんだろう？　本当にブレア嬢が罪を犯したと思っているなら、正義感の強い君はすぐに糾弾しているはずだ」

意外にもサイラスは、アリスの性格をよく知っている。彼女のことなんて、大して興味もないと思っていたのに。

「そりゃあ今の段階では、有罪であるという証明ができないもの」

「すぐに結論を出さないのは、アリス嬢が慎重だからだよ。これだけ合理的な疑いがあれば、自警団の連中なら、ブレア嬢を犯人に仕立て上げかねない」

「まぁ……そうかもしれないわね」

「だから頼んでいる。どうかブレア嬢を救ってくれ」

サイラスに再度頭を下げられ、アリスは弱ってしまう。彼女は困ってガウェインを見るが、彼も兄の態度には戸惑っているようだ。

「どうしてそんなに、ブレアに肩入れするの」

今聞くべきことではなかったかもしれないが、聞かざるを得なかった。ブレアが無罪だという確信がない中、軽率に引き受けられることではなかったからだ。

「彼女のように美しく、自分を持った女性は初めてなんだ。頭が良く自立していながら、慎み深く控えめでもある。あぁ、もちろんアリス嬢以外でね」

最後のひと言は、サイラスなりの気配りだろう。

客観的に見て、ブレアはアリスよりずっと美しい。大きな瞳と一直線に通った鼻のライン、麗《うるわ》しい唇。身体は均整が取れており、どこをとっても完璧だ。

しかし当のブレアは、少しも心を動かされた様子がない。サイラスの言葉は、告白に近いものだったというのに。

「ブレアは、どうしたいの？」

アリスの問いに、ブレアは目を大きく見開いた。話は聞いていたはずだが、まるで当事者意識がない。質問されたこと自体に驚いている様子だ。

「ワタシは、そう、デスね……」

何度も瞬《またた》きしながら、ブレアはゆっくりと言葉を選ぶ。

「サイラス王子が味方になってくださるのは、ありがたいと思いマス。ただ先ほどアリスが言ったように、ワタシが一番疑わしいのは事実デスから」

「それは答えになっていないわ」

ブレアが首をかしげたので、アリスは噛んで含めるように続けた。

「無実なら無実だと主張すべきだし、助けてほしいなら助けてと言えばいいだけよ」

「アリスは、ワタシが潔白だと思っているのデスカ？」

「まだ、わからないわ。でもブレアは、簡単に諦めているように見えるのよ」

誰かが窮すれば、ブレアは躊躇《ちゅうちょ》なく力を貸そうとする。人情に厚く親切なのに、自分のことは軽《かろ》んじて、大事にしようとしない。

そんなブレアがもどかしく、アリスはつい非難するような調子で言ってしまう。

「何もしないうちから、無理だと決めつけないでよ。みっともなくても、不格好でも、足掻《あが》けるだけ足掻いてみればいいじゃないの」

ブレアはなぜかびっくりしたような顔をして、スッと視線をそらした。

「ワタシは、犯人ではアリマセン。しかしそれを証明するのは難しいデス。ワタシを庇って、アリスが不利な立場に立たされることは、望んでいマセン」

ブレアのこういうところが、サイラスのハートを摑んだのかもしれない。

虚栄心まみれの社交界には、ブレアのような女性はまずいないだろう。良く言えば謙虚だが、自己肯定感が低すぎて卑屈《ひくつ》にすら見える。彼女は一切自分を守ろうとしていないのだ。

このままいけば、ブレアが罪を被ることになるだろう。何せ彼女は抗《あらが》うということをしないのだから。

「……いいわ。できる限りのことはやってみましょう」

ブレアはまごついていたが、サイラスは満面の笑みで感謝する。

「ありがとう、アリス嬢」

「ケイティやトレイシーを刺激したくないから、とりあえず犯人はあの男、ということにしておいてちょうだい。ネックレスの隠し場所は、黙秘していて捜査中ということで」

「了解した。現場は保存してあるから、いつでも調査に入ってくれて大丈夫だ」

胸を張るサイラスを見れば、アリスが承知するのをわかっていたのだろう。

「今日はもう遅いし、調査は明日改めてするわ。ガウェイン、あなたもそれでいいわね？」

「兄上がお望みになるなら、僕から言うことは何もないよ」

オンスラール出身のブレアが、ベルプトンの王妃になれるかはわからない。それでもガウェインなら、サイラスを応援するだろうと思っていた。

「アリス嬢が力を貸してくれるなら、もう安泰だ」

サイラスが大船に乗った気でいるので、アリスは渋い顔で釘を刺した。

「どうかしらね？　かえってブレアを、追い詰めることになるかもしれないわよ」

「そのときはそのときだ。でも僕はブレア嬢が無実だと、信じているよ」

ブレアを見つめるサイラスの瞳は、完全に恋をする者のそれだった。

Episode 3

第三章

囚われの令嬢

アリスは昨夜も、ベッドの中でルナの泣き声を聞いた。

二晩続いてのことだから、夢ではないのだろう。赤子が泣くのは普通だが、突然泣き止むのは解《げ》せない。エマに事情を聞こうかと思いながら身支度を整えていると、ドアをノックされた。

「ちょっと、待って。……いいわ、どうぞ」

アリスがチュニックの紐《ひも》を結び終えると、扉が開いた。入ってきたのはガウェインだ。

「おはよう、アリス」

どうも声に覇気《はき》がない。どんよりとした表情で、思い悩んでいるらしいのが見て取れる。サイラスの初恋は喜ばしいのだろうが、相手が相手だけに気を揉《も》んでいるに違いない。

「おはよう。判断するのは、王様と王妃様よ。ガウェインが心配しても仕方ないわ」

ガウェインが目をパチクリさせて、棒立ちになる。アリスは首をかしげ、ちょっと考えてから付け加えた。

「違ったなら、ごめんなさい。サイラスとブレアのことを、気にしているのかと思ったのよ」

「いや、その通りだよ」

恐れ入った様子で、ガウェインは頭に手をやった。

「びっくりしただけだ。心を読まれたんじゃないか、ってね」

「そんな大層なことじゃないわ。ガウェインは気持ちがすぐ顔に出るんですもの」

アリスがふふっと笑うと、ガウェインはなぜか眉間《みけん》に皺《しわ》を寄せた。肩をすくめ、両方の手のひらを上に向ける。

「何よ、私おかしなことを言ったかしら？」

「いや別に。その洞察力を、いつでも発揮してくれたらなと思って」

ガウェインがやれやれと首を振るので、アリスは少し膨れて腕を組んだ。

「出し惜しみしてるつもりなんてないけど」

「自覚がないから、困ってるんだよ」

「どういう意味？」

アリスの質問にガウェインは答えなかった。これ以上押し問答をする気はないらしく、話をそらしてしまう。

「今日の朝食なんだけど、良かったら外で食べない？」

「ピクニックでもするつもり？　この状況では、気が引けるわ」

ガウェインは急に真面目な顔つきになり、訴えかけるような調子で言った。

「アリスと意見交換がしたいんだ。館の中じゃ、話しにくいこともあるし」

「でもケイティとトレイシーは、昨日の夕食にも姿を見せなかったでしょう？　塞《ふさ》ぎ込んでばかりは身体《からだ》に毒だし、無理にでも朝食に誘ったほうが」

「ふたりのことは、こちらに任せてくれと兄上が言っていたよ。それよりもアリスには、犯人を捕まえるのに全力を尽くしてほしいって」

サイラスはブレアの無罪を、なんとしてでも証明してもらいたいのだろう。芯があるのに儚《はかな》い彼女を、アリスだってできる限り救いたいとは思っている。

「わかったわ。コルスト卿にお願いして、お弁当を用意してもらいましょう」

「きっとそう言ってくれると思って、もう頼んでおいたよ」

ガウェインはにっこり笑った。さっきのお返しみたいで、ちょっぴり悔しい。

廊下に出ると、新鮮な花の香りが漂っていた。

玄関ホールにあるフラワースタンドの花を生け替えているのだ。数が多いので大変そうだが、おかげで今日も館中が素晴らしく良い香りに包まれている。

「やぁ、お弁当はできてる？」

階下に降りたガウェインがメイドに尋《たず》ねると、彼女は姿勢を正して答えた。

「はい。厨房《ちゆうぼう》にご用意してございます」

「ありがとう」

ふたりで言われた場所に向かうと、バスケットが置いてあった。中にはサンドイッチと革袋の水筒が入っていて、本当にピクニックへ出かけるみたいだ。

「どこでお弁当を広げるつもり？」

「せっかくだから少し足を延ばして、川の上流まで行ってみようか」

休暇のはずが、こちらに来てから事件続きで、ろくに散歩もしていない。アリスは不謹慎だと思いつつも、心が沸き立つのを感じていた。

＊

館の外に出ると、青々と茂る草原が広がっていた。

空は晴れ渡り、緑の大地が眩《まぶ》しいほどに輝いている。ふたりは赤く透き通った実をぎっしり付けた低木の林を抜けて、入り組んだ川沿いの小道をそぞろ歩く。

「バイウォルズはのどかで、いい場所ね」

「あぁ。コルスト卿は地域活性化に熱心だけれど、この豊かな自然があれば十分だと思えるよ」

野鳥の鳴き声や川のせせらぎに耳を傾けながら、ふたりは緑深い谷間に入って行く。山懐《やまふところ》に抱《いだ》かれた渓谷は、所々突き出る灰色の岩に囲まれ、時折険しさも垣間見える。

「この辺りで、朝食にしようか」

ガウェインが足を止めたのは、お誂《あつら》え向きの平べったい岩の上だった。緩やかな川の流れに木漏《こも》れ日が燦《きら》めき、食事をするには打って付けの場所だ。

「いいわね、そろそろ休憩したいと思っていたのよ」

アリスは大きな布を広げ、ガウェインはバスケットからサンドイッチを取り出す。ふたり並んで腰掛けると、水と光の風景に溶け込んでしまったかのようだ。

用意されたサンドイッチは二種類。アリスは定番のスクランブルエッグを選び、ガウェインはチーズと干し肉が挟まれたほうを取る。

「うーん、卵がふわふわで、アンチョビの塩気が効いてるわ。景色の良いところで食べると、余計に美味《おい》しく感じるわね」

館の大広間で食べても味は同じだけれど、外での食事はまた違った趣《おもむき》がある。ご機嫌なアリスだったが、ガウェインから愛おしそうに見つめられて、居心地が悪くなってしまう。

「何よ？　もしかして、こっちのサンドイッチも食べたいの？」

アリスが問いかけると、ガウェインは苦笑いする。

「そうじゃないよ。アリスが欲しいなら少しあげるけど」

「じゃあ交換しましょう。ひと口だけよ？」

食べかけのサンドイッチを差し出すと、ガウェインは真っ赤になった。昔はよくケーキを半分こしたものなのに、どうして照れているのだろう。

「ありがとう」

ガウェインは頬《ほお》を染めて、サンドイッチにかぶりついた。アリスも硬い干し肉を嚙《か》みきり、ゆっくりと味わう。

「こっちも、なかなかのものね」

再びサンドイッチを取り替えようとすると、ガウェインが目を伏せて言った。

「アリスはブレア嬢のこと、どう思う？」

「どうって何？　無実かどうか？　それともベルプトンの王妃として、相応《ふさわ》しいかどうかってことかしら？」

「両方、かな」

「ガウェインは、ブレアに無実であってほしいんでしょう？」

アリスは卵サンドを取り返すと、ひと息に食べてしまってから言った。

「そう思える根拠が見つかったから、ピクニックに誘ったんじゃないの」

「根拠ってほど、大層なものじゃないよ」

ガウェインも残りのサンドイッチを頬張り、水で流し込む。

「例えばドレスとネックレス、それぞれ別の人間がやったとは考えられないかな？」

「召し使いの誰かが、仕事の合間に抜け出して、犯行に及んだって言いたいの？」

アリスが核心を突き、ガウェインは顔をしかめる。

「そこまでは言っていないよ。ただふたつの事件を切り分けるなら、ブレア嬢に嫌疑が集中することもないのかなって」

「でも人形を犯行になぞらえる手口は同じよ。同一犯と考えるのが自然だわ」

「真似をしただけかもしれないだろう？　一度全員の所持品検査をしてみたらどうかな？」

「やってもいいけど、成果はないんじゃないかしら？　仮に召し使いがやったとすれば、お金欲しさでしょう。いつまでも手元には置かないわ」

アリスがガウェインの意見に否定的だからか、彼は表情を曇《くも》らせる。

「ネックレスはもう、館の中にはないと思っているの？」

「盗んで売りさばくのが目的ならね。他に理由があるなら、探せばどこかにあるかもしれないわ」

「他の理由って？」

「それがわかれば、事件は解決するわよ」

アリスがため息をつくと、ガウェインも悩ましい顔で押し黙る。

「少なくともブレアは、金銭目的で盗みを働くような人じゃないわ。王妃としての資質や能力にも、問題はないと思う。でも彼女自身が、王妃になることを望まない気がするの」

ガウェインもそれは薄々感じているのだろう。だから思い煩《わずら》っているのだ。

「ともかく今は、事件の解決が最優先よ。もう一度、現場を調べてみましょう。何か見落としがあるかもしれないわ」

アリスが明るい声を出すと、ガウェインもやっと笑顔を見せた。

「そう、だね。頭の中で考えるばかりじゃ、前には進めないし」

ふたりは帰り支度を済ませ、来た道を戻りかける。

足場が悪いので用心深く歩を進めていると、若い女性の声が聞こえてきた。罵《ののし》るような激しさで、アリスは思わずガウェインの腕を摑《つか》んだ。

「今の、聞こえた？」

ガウェインはうなずき、辺りを探るようにキョロキョロと顔を振った。斜め上で視線が止まり、腕を上げて指をさす。

「あの洞窟《どうくつ》から、みたいだね。ちょっと行ってみる？」

「ええ」

興味本位な部分もあったが、まだ喚《わめ》き声は続いていて、放っておくわけにもいかない。

ふたりは幾つか岩を越え、洞窟の側《そば》に近づいた。こっそり中を窺《うかが》うものの、暗い上に反響して状況がよくわからない。

「何を言っているのかしら？」

「あれはオンスラール語だよ。言葉遣いからして、高貴なご令嬢みたいだ」

「ガウェイン、あなた意味がわかるの？」

アリスが驚いていると、ガウェインは照れくさそうに頬を掻《か》く。

「語学の勉強は続けているから。差し当たって機会はなさそうだけど、いつか公務で隣国に行くことがあるかもしれないし」

外交関係はサイラスの仕事で、ガウェインにお鉢が回ってくる可能性は低い。それでも決して努力を惜しまないガウェインはすごく格好いいと思う。

「あなたのそういうところ、私はとても好きだわ」

ガウェインの顔がボンッと赤くなり、アリスは急に自分の発言が恥ずかしくなる。

「か、勘違いしないで。尊敬するっていう意味よ、わかるでしょう？」

「もちろん、わかるよ」

そのわりに、ガウェインは有頂天になっている。顔全体から果てしなく笑みが零《こぼ》れ、やけに嬉《うれ》しそうだ。

「それで、何を話してるの？」

アリスはニヤつくガウェインの袖《そで》を掴み、洞窟の中にしかめっ面《つら》を向けた。

「あ、あぁ、ちょっと待って」

ガウェインは耳をそばだて、真剣な表情を浮かべる。

「えっと、一体いつになったら、帰れますの？　いい加減、洞窟暮らしは飽きましてよ」

喚いているだけあって、話の内容は穏やかではない。まるで悪漢に軟禁されているかのようだ。

「申し訳ありませ、ぇ……？」

ガウェインが急に青ざめた。

「何よ、どうしたの？」

「アリス、静かに！」

小さく注意し、ガウェインは全神経を耳に集中させて、同時通訳を続ける。

「もう少しの辛抱でございます。成果が上がり次第、すぐに解放いたしますから」

会話が一段落したのか、ガウェインが青い顔でアリスを見た。

「ブレア様って、呼んでるんだけど」

「なっ」

どういうことだろう？

「本当にブレアと言ったの？　聞き間違いじゃなくて？」

「わからない、でも確かにそう、聞こえたんだ……」

囚われの令嬢がブレアだとしたら、館にいるのは一体誰なのだ？

アリスも当惑していたが、ガウェインも混乱していた。あまりにも突拍子がなさすぎて、自分の耳が信じられないのだろう。

「どうしよう、助け出したほうがいいのかな？」

本来なら一も二もなく、そうするところだ。

しかし組織的な犯行のようだし、こちらが捕らえられてしまえば元も子もない。下手に動けば、偽《にせ》ブレア共々逃してしまうだろう。

敵を一網打尽《いちもうだじん》にするなら、入念な準備が必要だ。そのためにもまずは情報が欲しい。特にこれだけ大掛かりで、大胆《だいたん》な計画を進めるほどの動機を。

「今は止《や》めておきましょう。それほど酷《ひど》い扱いは受けていな……っ」

突然ガウェインがアリスの口を押さえた。彼女の身体を背後から抱き上げ、物陰《かげ》に身を隠す。抗議しようとすると、洞窟の中から鎖を引き摺《ず》る足音がした。

現れたのはオンスラール特有の、異国的な雰囲気を持った令嬢だった。ブラウンの髪を揺らし、うーんと伸びをする。足に枷《かせ》はあるが両手は自由になるようだ。

あの女性が、本物のブレア・トンプソン――。

洞窟の中から呼び声が聞こえ、ブレアは不承不承引き返した。彼女が姿を消したのを十分に確認してから、ガウェインは手を離す。

「ごめん。外に出るという声が、聞こえたから」

「構わないわ、急なことだったもの」

ガウェインは不安げな様子で、躊躇《ためら》いがちに口を開く。

「今のご令嬢、茶色い髪をしてたね？」

「ええ。コルスト卿が用意した、ブレア人形の髪色そのものだったわ」

やはりアリスたちの知るブレアは、ブレアではないのだろう。ガウェインは見るからに落ち込み、掠《かす》れた声でつぶやく。

「犯人は、ブレア嬢なのかもしれない」

「まだそうと決まったわけではないわ」

「でも入れ替わるなんて、良からぬことを企《たくら》んでいる証《あかし》だろう？　あぁ……兄上になんと言えばいいか」

「サイラスには伏せておくしかないわね。ショックでどうなるかわからないもの」

よりにもよって、初恋の相手が犯罪者かもしれないなんて。サイラスの輝く瞳を思い出すと気の毒になってくる。

「とにかく館に戻って、一度コルスト卿に話を聞きましょう。偽ブレアのことも、何か知っているかもしれないわ」

「そうだね」

返事をするものの、ガウェインは心ここにあらずといった感じだ。

サイラスの恋した相手が、オンスラールの令嬢というだけでも悩んでいたのだ。素性も知れない誰かとなれば、意気消沈するのも無理はない。

今のガウェインには、「気をしっかり持って」と言うことさえ酷《こく》に思われた。

ここはアリスが、頑張るしかない。ふたりの王子のために動けるのは、彼女だけなのだ。

＊

館に戻ったふたりは、真っ先にコルスト卿の元に向かった。

大広間と談話室の先に行ったのは初めてだったが、部屋の間仕切りの位置が多少違うだけで、二階と一階のフロア面積と造りはほぼ同じようだ。ちょうどサイラスの部屋の真下辺りが、厨房と食料庫になっており、その先に主人の執務室兼書斎と夫婦の寝室がある。

二階の物置部分の下が召し使いの部屋らしく、男女で分かれているのかドアがふたつあった。L字の廊下の突き当たりは窓になっており、そこだけが二階とは違っている。

アリスが書斎の扉をノックすると、コルスト卿が開けてくれた。少し話をしたい旨《むね》を伝えると、彼は快《こころよ》く応じてくれる。きっとガウェインが隣にいたからだろう。

「どうぞお掛けください。今メイドに、お茶とお菓子を持ってこさせましょう」

「いいえ、お気遣いなく。それほど時間は掛かりませんので」

アリスはにこやかに礼をし、ガウェインとふたりソファに腰掛けた。コルスト卿も向かいに座り、彼女は口火を切った。

「コルスト卿も災難に見舞われて、お気の毒ですね」

「全くですよ。犯人が捕まったのは不幸中の幸いですが、妻も気落ちしてしまっていて」

「それはいけませんね。ルナちゃんの夜泣きもあって、あまり眠れていないのでは？」

コルスト卿は急に目を泳がせ、動揺した声を出す。

「ルナの泣き声が、お客様にも聞こえてしまっていましたか？　申し訳ありません。妻には言っておきますので」

「いえそんな。不快ということではないのですよ」

いらぬ気を遣わせてしまったことを申し訳なく思い、アリスは明るい話題に変えた。

「そういえばピクニック用のお弁当、ありがとうございました。バイウォルズの自然は美しいですね。川縁《べり》を散歩して、食事をするだけでも素晴らしい体験ができました」

コルスト卿は打って変わって、遠い昔を懐かしむように目を細める。

「楽しんでいただけたようで何よりです。私が子どもの頃は、よく川遊びをしたものですよ。時にはヒメマスを釣りましてね。なかなか上手だったんですよ」

「素敵な思い出ですね。ルナちゃんがもう少し大きくなれば、ご家族でピクニックに出かけるのもいいんじゃありませんか？」

「ええ、そうですね」

コルスト卿は微笑むが、すぐに難しい顔をする。

「しかし私はもっと、大人の楽しむレジャーを立ち上げたいんです。海辺の街じゃ、漁船を出していましてね。船の上で釣りをして、釣った魚をその場で焼いて食べられるんですよ」

「そこまで対抗意識を燃やさなくても」

アリスが宥《なだ》めると、コルスト卿は憤然として言った。

「少し前のバイウォルズを知らないから、そんな風におっしゃるんです。父が亡くなり、私がこちらを治めに戻った当時は、そりゃあ寂れて酷い有様だったんですから」

「ではかつての故郷を取り戻したくて、事業を興《おこ》されたのですか？」

コルスト卿は「そうです」と、力強くうなずいた。

「今はまだ途上ですが、これからもっと発展していきますよ」

「コルスト卿は、より高みを目指しておられるのですね」

「はい。バイウォルズは必ずまた、ベルプトン一の保養地に返り咲きます」

故郷に対する思いは、アリスにだって理解できる。辺境に追放されてからも、彼女がオーウェン邸を忘れることはなかったから。

幸いにして、アリスの故郷はガウェインによって守られていたけれど、もし朽ち果てていたなら、きっとコルスト卿と同じく傷ついただろう。

コルスト卿はアリスと違い、故郷を蘇《よみがえ》らせるのに十分な立場と力があった。ならばできる限りのことをしようと考えるのは当然だと思う。

その熱意はよくわかるし、コルスト卿は実際に結果を出しているのだが、これほど短期間でバイウォルズが復活を遂げたのは不思議だった。彼は詳しく語らないけれど、その辺りに偽ブレアがやってきた理由があるのかもしれない。

「魅力あるレジャーは重要ですが、バイウォルズの美しい自然があってこそだと思いますよ。他のご令嬢方も、そこに惹《ひ》かれて参加をお決めになったんでしょう？」

アリスが探りを入れると、コルスト卿は自虐《じぎゃく》的に笑う。

「さてどうでしょう？　一番の目的は、サイラス王子だと思いますよ」

「皆さん、バイウォルズに来たかったわけではないのですか？」

少々失礼な質問だったが、コルスト卿は気分を害した風でもない。

「ええ多分。サイラス王子に休暇旅行をご承諾いただいてから、方々に声を掛けてご令嬢の参加を呼び掛けてもらったのです」

「オンスラールにも、ですか？」

「ちょうど滞在中の方がいらっしゃったので、一応お声掛けしたのです。どのように話が広まったかは存じませんが、トンプソン伯から娘を滞在させたいと便りが来まして」

「あの、よろしければそのお手紙を、拝見することはできますか？　最近オンスラールについて学んでいまして、書簡の形式にも興味があるのです」

ずっと黙っていたガウェインが口を開いた。落胆していても、話は聞いていたらしい。

「ええもちろん、構いませんよ」

コルスト卿が立ち上がり、書き物机の引き出しから羊皮紙を取り出す。ガウェインは手紙を受け取って、じっくりと目を通し始めた。

アリスが横から覗《のぞ》き込むと、手紙はベルプトンの言葉で書かれていた。美しい文字からは教養が感じられ、きちんと封蠟印《ふうろういん》が押されていた形跡もある。

どうやら本物のブレアは、元からベルプトンに関心を持っていたらしい。読み書きも堪能《たんのう》で、手紙も彼女が代筆したものだと記されている。

「ブレア嬢、というかトンプソン家は、非常に高潔な家柄のようですね。救貧活動に熱心だとか、慈善施設に寄進しているとか、書かれていますが」

「そういった部分も、今回のご招待の選考基準にさせていただきましたからね」

アリスは選考という言葉を耳にして、すかさず尋ねた。

「では他にも、候補者がいらっしゃったのですか？」

「はい。サイラス王子の影響力は大きく、ぜひバイウォルズに滞在したいというお手紙は、たくさん頂戴《ちょうだい》しました。こちらのおもてなしの都合上、三人に絞らせていただきましたが」

やはりアリスは招かれざる客だったようだ。ガウェインたっての希望だったから、なんとか対応してくれたのだろう。

「どなたとも面識がなかったのであれば、選考は大変だったでしょう」

「そうですね。意気込みや家柄、世間の評判なども鑑《かんが》みて、選ばせていただきました。トレイシー嬢などは、肖像画を送ってくるほどの熱心さだったのですよ」

コルスト卿は王子の休暇旅行に花を添えるため、かなり慎重に人選したのだろう。ある意味では皆、彼に利用されたのだ。

バイウォルズの魅力を発信する、広告塔として——。

健全なやり方とは言えないけれど、非難されるほどのことでもない。コルスト卿もバイウォルズを盛り上げようと必死なのだ。

「貴重なお話、ありがとうございました」

これ以上、コルスト卿から得られる情報はなさそうだ。アリスが微笑んで立ち上がると、ガウェインも席を立って言った。

「コルスト卿のバイウォルズに対する情熱が伝わってきて、大変感動いたしましたよ」

「いえいえ、そんな。またいつでもいらしてください」

コルスト卿に見送られ、ふたりは部屋を出た。周囲に誰もいないのを確認してから、ガウェインが口を開く。

「本物のブレア嬢のことは、いろいろ判明したけど、肝心の偽者については全然だね」

「そうね。でもふたりは顔見知りかもしれないわ」

「どうして、そう思うの？」

「囚われのブレアは怯《おび》えていなかったし、自由な物言いをしていたもの。危害を加えられることはないと、わかっているんじゃないかしら」

ガウェインは目を伏せ、思い悩むように言った。

「まぁブレア様って、呼ばれていたくらいだしね」

「本物と偽者の関係はわからないけれど、思想は似ている気がするのよね。貧富の差に問題意識を持っていたり、ケイティやトレイシーの世話を率先してしたり」

「確かに。ブレア嬢と近しい立場にある、友人という可能性はあるね。一緒に手紙を送ったものの、自分だけコルスト卿の選考に漏れて恨めしかったとか」

きっと、事はそんなに単純じゃない。

アリスはガウェインを驚かせないよう、言葉を選んで言った。

「多分だけど、偽者は貴族じゃないわ。彼女、ケイティ人形を縫い直していたでしょう？　あれは普段から、裁縫をしている人の仕事よ」

細心の注意を払ったつもりだけれど、ガウェインは衝撃を受けていた。動揺した様子で、アリスの仮説に抵抗を試みる。

「でも貴族のご令嬢だって、見事な刺繍《ししゅう》をする人はいるよ。アリスの母上だって、かなりの腕前だったんだろう？」

「裁縫と刺繍は違うわよ」

「同じ手芸なんだし、必要な技術は同じようなものじゃない？」

ガウェインの乱暴な分類に、アリスは苦笑いして言った。

「ケイティ人形に使われている布は、刺繍向きではないわ。薄手で柔らかいから、布が伸びて縫い目が歪みやすくなる。普段から扱い慣れていないと、縫うのは難しいでしょうね」

「だけどあの人形には、バイウォルズ特産の繊維が使われているって」

「問題はそこなのよ……。急激なバイウォルズの人気とふたりのブレアには、何か関係があるのかもしれないわ」

ケイティもトレイシーも、サイラスに近づくためにバイウォルズへ来た。ブレアだけ彼に無関心なのが不思議だったけれど、大いなる目的があるとしたら納得できるのだった。

「さてと、次は犯行現場を調べてみましょうか」

「その前にお茶でもどう？　朝から予想外のことが起きて、疲れているだろう？」

言われてみれば、少々くたびれている。ガウェインがアリスのペースを考えて、声を掛けてくれるのはありがたかった。

「そうね。この辺りで、ひと息入れましょう」

「じゃあ僕の部屋に」

「いえ、私の部屋にしましょう。隣にサイラスの部屋があると、会話にも気を使うし」

ガウェインの部屋のほうが大きいのはわかっているけれど、狭いほうがかえって落ち着く。

コルスト卿はもてなしの不備を気にしているかもしれないが、むしろいい部屋割りをしてくれたと思うくらいだ。

厨房に寄って、メイドにお茶とお菓子を用意してくれるよう頼むと、ふたりは螺旋《らせん》階段を上ってアリスの部屋へ向かう。

「今日のお菓子は何かしらね？　エッグタルト？　それともカスタードプディング？」

「スコーンか、ショートブレッドかも」

「それはないわね」

「なぜ？」

「だってどっちも卵を使わないでしょう？　こっちに来てから、何かというと卵料理ですもの。きっと今日のお菓子にも卵が使われているわ」

ガウェインは言われて初めて気づいたらしく、腕を組んでうなずく。

「本当だね……。理由でもあるのかな？」

「さぁ。コルスト卿のことだから、養鶏《ようけい》にも力を入れているのかもしれないわ」

とりとめもない会話をしながら、アリスは自分の部屋に足を踏み入れた。ふと違和感を覚え、彼女はその場に立ち止まる。

「どうしたの、アリス？」

ガウェインが訝《いぶか》しむ隣で、アリスはぐるりと部屋を見渡す。

何かが、今朝と違う気がする。しかしハッキリと理由がわからず、彼女は軽く首をかしげた。

「いえ、なんでもないわ」

ふたりが窓際のテーブルセットに腰掛けると、しばらくしてメイドがお茶の用意を持ってきた。

テキパキとお菓子の皿を並べ、カップにハーブティーを注いでくれる。

「これは、ローズティーかしら？」

「さようでございます。ローズガーデンで採取したバラの花びらを、乾燥させてお茶にしました」

ガウェインがカップを持ち上げ、すーっと息を吸い込む。

「甘くて上品な香りだね」

「ローズティーは、リラックスしたいと仰《おお》せのときに、お出ししているんです。神経に働きかける作用が強いそうですよ」

丁寧に解説してから、メイドは部屋を辞した。カップを口に付けると、クセのない味わいが広がり、ゆるやかに緊張が解かれていく。

「さっぱりして美味しいわ。バラの花びらは、いろんな使い道があるのよね。神経性の腹痛や下痢《げり》を抑えたり、喉《のど》の痛みを止めたり」

「アリスはなんでもよく知ってるね。今日のお菓子も当ててしまうし」

ガウェインが感心しながら、エッグタルトをひと口食べた。

「別に大したことじゃないわ。まだわからないことのほうが、ずっと多いもの」

アリスは目を伏せ、カップを置いた。

「一番は、偽ブレアがバイウォルズに何をしに来たか、よね。朝食を辞退したのも、今となっては疑わしく思えてくるわ」

「そうだね。単独行動をする言い訳なのかもしれない」

「初日もお茶に誘って、断られてしまったし」

「アリス、見て！」

突然ガウェインが立ち上がり、興奮して窓に張り付いた。彼の視線を追ったアリスも、慌《あわ》てて窓の外を凝視する。

「偽ブレアだわ……あそこは確か」

「コルスト卿が言っていた、特産品を作る工房だと思うよ」

偽ブレアは周囲をキョロキョロ確認したかと思うと、藁葺《わらぶ》き屋根の建物に素速く近づいた。

壁にぴったりと背中をつけ、中の様子を窺っている。用心深く窓枠に顔を近づける姿は、とても伯爵令嬢とは思えない。

辺りを警戒しているのは、見られては困るという自覚があるからだろう。

実際覗き見のような行動はあからさまに怪しく、特産品の秘密を探ろうとしているようにしか見えなかった。

「やっぱり偽ブレアの行動は、何かおかしいね。彼女が一連の事件の犯人だとしても、納得してしまうよ」

サイラスのためにも、ガウェインは偽ブレアの無実を信じたかったはずだ。

しかし立て続けに不審な動きがあり、庇《かば》いきれなくなったのだろう。実際この状況では、アリスも彼女の肩を持つのは難しい。

「ええ。バカンスより、調査が目的なのは確かなようね。事件を起こして、皆の注意を分散させたかったと言われれば、一応説明は付くわ」

ガウェインは窓から離れ、ガタンと椅子《いす》に腰掛けた。テーブルに肘《ひじ》をついて頭を抱え、悩ましげ

な様子でつぶやく。

「これはもう決定的だよ。擁護《ようご》のしようもない」

「まだ確実な証拠はないわ。まぁ、気持ちはわかるけど」

ふたりしてため息をついたら、ノックの音がした。アリスが返事をする前に、扉が開く。

「やぁ、ふたりとも。調査は進んでいるかい？」

顔を覗かせたのは、サイラスだった。たった今、偽ブレアが犯人かもしれないと、話していたばかりなのに。

サイラスは期待を込めた眼差《まなざ》しをこちらに向けており、アリスは急いでカーテンを閉めた。挙動不審な偽ブレアの姿を、彼に見せるわけにはいかない。

「そうね、ぼちぼち、といったところよ。えっと、その、ご令嬢方の調子はどう？」

アリスが曖昧《あいまい》に誤魔化すと、サイラスは遠慮なく部屋に入り、姿勢良く椅子に腰掛けた。

「随分《ずいぶん》いいみたいだ。今朝は食事もしっかり取っていたよ」

「それは良かったわ。朝食はお部屋で？」

「あぁ、運んでもらったよ。ふたりとも自室に着替えを取りに行くくらいで、まだ下へ降りる元気はなかったみたいだから」

「三人分の食事を用意するのは、大変だったでしょうね」

「あぁ。メイドたちは忙しく立ち働いていたよ。食事中、花瓶《かびん》の花も交換してくれてね。まだ綺麗《きれい》だったから、そのままでいいと言ったんだけど、香りが薄くなってきたら交換するよう、コルスト卿からキツく言われてるみたいで」

花を、交換——？

アリスはハッとして花瓶に駆け寄った。

さっき部屋に入ったときに感じた違和感の正体。それは花が違っていることだったのだ。大きく開いた花弁に顔を近づけ、アリスはひとりごつ。

「芳香が強いわ。切り立てなのね」

まさか、昨日も似たような時間に？　だとしたら、前提条件が変わってくる。

最初から考え直さなければいけない。

「……メイドは、他の部屋も交換を？」

「順番に回っていたみたいだよ。二階全部となると、大変な重労働だ。一時間近くは掛かるんじゃないかな。労《いたわ》ってあげないとね」

サイラスは何気なく答えたが、重大な事実に全く気がついていない。

「もし昨日も同じ作業をしていたのだとしたら、なぜメイドは騒がなかったのかしら？」

「どういうこと？」

ガウェインが首をかしげ、アリスは慎重に言葉を紡ぐ。

「ケイティの部屋でドレスが切り裂かれ、トレイシーの部屋からネックレスが盗まれたのは、朝食中だったはずよ。でもその間メイドが各部屋を回って、作業をしていたのだとしたら」

ガウェインは突然立ち上がり、「そうか！」と叫ぶ。

「メイドと犯人が鉢合わせてしまうんだ」

新たな事実の発覚に色めき立つが、ガウェインはすぐに眉をひそめた。

「じゃあ、犯人はいつ」

「それをこれから調べるのよ。まずは花と花瓶の水を替えたメイドを探さないと」

「ちょ、ちょっと待ってくれ、ふたりとも」

話を聞いていたサイラスが、軽く手を上げて続ける。

「朝食中の行動が事件に関係ないなら、ブレア嬢の容疑は晴れたんだね？」

サイラスはまるで、偽ブレアが無罪を勝ち取ったかのような顔をしている。アリスは気が早い彼を窘《たしな》めるように言った。

「晴れた、というより、彼女だけが容疑者ではなくなったというのが正しいわ」

「それでも十分な進歩だ」

アリスの話がわかっているのかいないのか、サイラスは屈託のない笑みを浮かべている。本当に心から偽ブレアの無実を信じているのだろう。

「もう少しゆっくりするつもりだったけれど、お邪魔だろうから失礼するよ。引き続き調査を頼む。良い報告を待っているからね」

サイラスは立ち上がり、来たときと同様に颯爽《さっそう》と去って行く。

偽ブレアへの疑惑はいまだ根深く、決して楽観できる状況ではないのに。忠告したくても、今のサイラスには何を言っても伝わらない気がして、どうにも不安が募《つの》るのだった。


サイラスのことは気掛かりだが、とりあえず調査を進めなければならない。

アリスたちは急いでお茶を飲み干し、茶器を片付けてもらうためにメイドを呼んだ。先ほどと同じ女性がやってきたので、それとなく花瓶の花を話題にする。

「こちらの館は、いつも美しい花で飾られているのね。昨日とも違う花のようだけど」

「アリス様がご不在の間に、新しい花を生けさせていただいたのです。朝一番、花が開いてすぐ、最もいい状態で生けるように言われていますので」

「あなたが、交換してくれたの？」

メイドがうなずき、アリスはこれ幸いと話を続けた。

「全部の部屋を回るのは、さぞ大変でしょうね。下から水を運ぶだけでも、一苦労でしょう？」

「水は二階から汲《く》めるようになっているんです。でないと何度も往復することになりますから」

わざわざ、そんな設備を？

まさか今回の休暇旅行のため、とは考えにくい。常に二階でまとまった量の水が必要なのだとしたら、コルスト卿は頻繁《ひんぱん》に客人を招待してでもいるのだろうか。

「どんな仕組みなの？　見せてもらってもいいかしら？」

メイドは少し躊躇《ちゅうちょ》して、憂《うれ》わしげな表情を浮かべる。

「どうかした？」

「いえ、その、水汲みの設備は物置にありまして。中は整頓されていませんので、お目汚しになりはしないかと」

「構わないわ、私は気にしないから」

「僕もぜひ、見せてもらいたいな」

ガウェインが加勢してくれ、渋っていたメイドもついに首を縦に振った。

「わかりました。では、どうぞ」

メイドは茶器の片付けを中断し、ふたりを連れて廊下を挟んだ向かいの物置の扉を開けた。

閉めきっていたからか、甘いような青臭いような匂いがする。これまで嗅《か》いだことのない、独特の香り。アリスは引っかかりを感じたけれど、バラの香気がかき消してしまう。

メイドが右手にある窓を開け、外の空気が入ってきたのだ。

「こちらから水を汲んで、水瓶《みずがめ》に移しておくんです」

窓の外を覗くと、外壁に庇《ひさし》があり、桶《おけ》と滑車のついた鎖が下に伸びている。

「下にあるのは井戸？」

「はい。水替え作業は、いつもアリス様のお部屋から始めています。ここから一番近いので」

改めて室内を見渡すと、他の部屋とは随分雰囲気が違う。

ここだけ煉瓦《れんが》塀になっており、雑多な物で溢《あふ》れかえっている。窓脇に水の入った瓶《かめ》が五つも並び、掃除用具の他にも、シャベルやレーキなど、ガーデニング用の道具もあった。

床も泥だらけで、メイドがアリスたちを部屋に入れたがらなかったのもよくわかる。

「この部屋は、もう少し片付けたほうが良さそうね。水瓶も幾つか処分したら？　ふたつもあれば、各部屋の花瓶の水替えには十分でしょう？」

メイドは目をパチパチとさせ、しどろもどろになって愛想笑いする。

「その、つまり、汲み置き用だと思います。結構滑車がうるさいので」

頼まれもしないうちから、メイドがテキパキと実演して見せてくれた。鎖が滑車を擦《こす》り、確かにキーキーと不愉快な音がする。

「もう結構よ、確かに耳障《ざわ》りね」

アリスは手を左右に振り、本題に入った。

「昨日はケイティの部屋の花瓶も交換したと思うけれど、何か異変を感じたかしら？」

メイドはポカンとして、不思議そうに首をかしげた。

「特に、何も」

「ブレアの部屋はどう？　彼女は中にいたのかしら？」

「いえ、いらっしゃいませんでした。散歩にでも、行かれていたのだと思いますが」

さっきの偽ブレアを見ていなければ、彼女の不在にもっと驚いていただろう。しかし今は予想通りとしか思わない。

「ありがとう。手間を取らせたわね」

アリスが質問を終えると、メイドは軽く礼をして窓を閉じた。全員で部屋に戻り、メイドが茶器を持ち去ってから、ガウェインは口を開く。

「偽ブレアは、昨日も出かけていたんだね」

「部屋にいなかっただけで、出かけていたかどうかはわからないわ。朝食中ほとんどの人間が大広間に集まっていたわけだから、館の中を自由に動けるチャンスだったでしょうし」

「……そう、だね。彼女が犯人の最有力候補なのは、今も変わりない」

ガウェインは眉根を寄せ、声にも苦悶《くもん》が滲《にじ》み出ている。

「ただ自分が一番疑われるタイミングで、犯行に及ぶ必要はないのよね。捜査を攪乱《かくらん》したいなら、誰にでも可能な時間を選ぶほうがいいわ」

しかしそれさえも、偽ブレアの目論見《もくろみ》のひとつかもしれない。自らを窮地《きゅうち》に追い込むことで、逆に疑惑をそらす作戦とも考えられる。

やはり犯行現場を調べないことには前に進まないだろう。このままここで思案を巡らしていても、時間を無駄にしてしまうだけだ。

「悪いんだけど」

アリスは立ち上がり、怪訝《けげん》そうなガウェインにお願いをする。

「ケイティとトレイシーに、一声掛けておいてもらえるかしら。調査のためとは言っても、一応レディの部屋なんだから、勝手に入るわけにはいかないでしょう？」

「それは構わないけど、アリスはどうするの？」

「私は少し、確かめたいことがあるのよ」

言葉を濁《にご》しても、ガウェインは詮索《せんさく》してこなかった。すぐに微笑んで大きくうなずく。

「わかったよ。じゃあまたあとで」

＊

アリスが廊下の手摺《てすり》にもたれかかっていると、ガウェインがやってきた。

「やぁお待たせ。ふたりともご自由にどうぞと言ってくれたよ」

「そう、良かったわ」

何か尋ねられるかと身構えていたのだが、ガウェインにその気はないらしい。

アリスは拍子抜けしつつ、ケイティの部屋の扉を開けた。真っ先に八つ裂きのドレスが目に入り、思わずふたりとも顔をしかめる。

「酷いな……」

「本当にね」

アリスは同意しながら、ドレスの側に跪《ひざまず》いた。ガウェインも怯《ひる》んではいられないと思ったのか、彼女の傍《かたわ》らに屈《かが》む。

「一体何を使って破いたんだろう?」

ガウェインがドレスの一部を手に取り、アリスも別の切れ端を取り上げた。

「まぁ刃物、なんでしょうね。厨房にはいくらでもあると思うけど」

ためつすがめつしていると、わずかに指先が黒く汚れてくるのに気づいた。ドレスは無地ではなく、細かな柄模様だ。よく見なければ、汚れていることには気がつかない。

「ガウェイン、ちょっとココを見て」

「黒くなってるね。なんの汚れだろう?」

「これは多分、煤《すす》だわ」

アリスが指先を擦り合わせると、ガウェインも同じようにやってみる。

「うん、そうだ。間違いない。ということは、厨房からナイフか何か拝借したのかな? 竈《かまど》で煮炊《にた》きをするなら、刃物に煤がつくこともあるだろうし」

ガウェインの推論は妥当だ。積極的に否定する理由はないが、まだ確信は持てない。

「となると問題は、いつドレスを破いたか、だよね?」

「それは、見当がついているわ」

アリスはポケットから、小さなビーズを取り出して見せた。ガウェインにお使いを頼んだのは、これを探すためだったのだ。

「ドレスを飾るビーズよ。さっき前の廊下で見つけたの。こちらのメイドは皆忙しいし、端に落ちていたから、掃除中も見過ごしてしまったんでしょうね」

ガウェインは大きく目を見開いたかと思うと、こめかみに指先を添えた。思考を整理するように、ゆっくりと話す。

「このドレスから落ちたって、言いたいの？」

「えぇ。犯行時刻が朝食中ではないなら、どこかで破いて運んでくるしかないわ。破いたドレスを部屋に置くだけなら、一分も掛からないでしょう？」

「でもケイティ嬢のクローゼットから、ドレスを持ち出さないといけないよ。一着減っていたら、彼女に気づかれるんじゃない？」

「切り裂かれたドレスは、貴婦人なら必ず持っている、ベルプトンでは定番の柄よ。私のお母様も持っていたし、トレイシーやエマも持っているはず。それを一時的に拝借して交換しておけば、パッと見ではわからないわ」

アリスの答えを聞き、ガウェインは合点がいったらしかった。

「なるほど。ケイティ嬢のドレスは何十着もあったし、彼女は人形のドレスが破かれて落ち込んでいた。一着ドレスが入れ替わっていても、気がつかなかったかもしれないね」

ガウェインが賛同してくれたので、自分の推理に自信が持てた。アリスは注意深く、丁寧に話を続ける。

「ドレスを交換したのは、初日の夕食後、ケイティが談話室で横になっていたときだと思うわ。皆バタバタして、他人の動向を気にする余裕はなかったもの」

「そのタイミングなら、誰にでもできただろうけど」

そこで言葉を切り、ガウェインは苦悩も露《あらわ》に尋ねた。

「例えばエマに、動機なんてある？」

「育児の疲れが溜まっている中、客人のもてなしは負担だった、とか？　早く私たちに帰ってもらいたかったのかもしれないわ」

推測だけでいいなら、いくらでも思いつく。アリスは次々と疑惑を口にしてみせた。

「ケイティのことは、ガウェインも最初自作自演を疑っていたでしょう？　トレイシーにだって同じことが言えるし、ブレアは偽者というだけでも十分怪しいわ。お金欲しさという単純な動機なら、大抵の人間が大なり小なり持っているでしょうしね」

「……そう言われれば、誰も彼もが疑わしく思えてくるよ」

ガウェインは眉間に深く皺を刻み、大げさにため息をついたのだった。

ますます混沌《こんとん》とする事件に頭を悩ませながら、ふたりはトレイシーの部屋に入った。

造りはケイティの部屋とほぼ同じで、家具も内装も変わりない。あの宝石箱はアリスが置いた場所にまだ置かれていたが、手に取ってみるといやに軽かった。

それもそのはずで、蓋《ふた》を開けてみると何も入っていない。

「他のアクセサリーは、どうしたのかしら？」

「鍵の掛からない宝石箱じゃ、意味がないからね。どこかに避難させているのかもしれない」

「トレイシーに尋ねてみるしかなさそうね」

アリスが宝石箱を置くと、ガウェインがじっくり鍵穴を観察し始めた。彼女と違って初めて見るから、興味があるのだろう。

思索にふけるガウェインを邪魔しないよう、アリスは軽く周囲を見渡してから、天蓋《てんがい》付きベッドの脇を通って窓際に近づいた。この部屋からはバイウォルズの全貌《ぜんぼう》がよくわかる。

こぢんまりと可愛《かわい》らしく、まるで作り物のような街を眺めながら、アリスが考えていたのはサイラスのことだ。

先ほどの会話だけでも、サイラスは偽ブレアの容疑は晴れたと思い込んでいた。もしそれが事実だった場合、彼の気持ちは一層燃え上がってしまうだろう。

成就しない恋があることを、アリスも、もちろんガウェインもよく知っている。傷つくことだって恋のうちだが、兄が胸を痛める姿など弟としては見たくないだろう。

ガウェインのためにも、サイラスの恋を断念させたいが、いつものようには口出しできない。まだ誰かを愛したこともないアリスには、その資格がない気がするからだった。

「ダメだ、手がかりはなさそうだね」

ガウェインが諦《あきら》めたように、天井を仰ぎ見た。

「かなりの力が加えられているし、非力な女性にできたとはとても思えないけど」

「そうなると犯人は男性ってことになるわね」

アリスの答えに、ガウェインは顔をしかめる。容疑者は絞られるどころか、さらに複雑化し、手に負えなくなってきたからだろう。

「これからどうしましょうか？　厨房に行ってみる？」

「いや、一階に下りる前に、トレイシー嬢から残りのアクセサリーの行方を聞いておこう。アリスも気になっているんだろう？」

ガウェインの提案で、ふたりはサイラスの部屋に向かった。ノックをすると、返ってきたのはケイティの声だ。

扉を開けるとサイラスはいない。ふたりの令嬢は窓辺に座って書物を広げていたらしく、被害者同士、何かしらの絆《きずな》が生まれたようだ。

「サイラスはどちらへ？」

「外を散歩してくると、おっしゃっていましたわ。それより何かわかりまして？　わたくしたちのお部屋で、調査をなさったんでしょう？」

以前のケイティなら、サイラスと一緒に出かけただろう。部屋に残ったのは、まだ本調子ではないからかもしれない。

「調査というほど、大したことはしていないわ。一応犯人も捕まったわけだし」

「でもトレイシーのネックレスは、見つかっていませんわ。おふたりもそれが気掛かりで、動いてらっしゃるんでしょう？」

「それは、そうなんだけれど……。ご自分のドレスのことは、もういいの？」

「残念には思いますが、たくさんあるうちの一着ですからね。また仕立てればいいだけのことですわ」

ケイティの裕福さを象徴するような台詞《せりふ》だ。とはいえ決して嫌みには聞こえず、スパッと気持ちを切り替えられるのは大したものだと思う。

「あのネックレスは、ただひとつなのですよ。トレイシーの他のアクセサリーは、わたくしの宝石箱に入れて差し上げましたけれど、あれ以上に価値のあるものはありませんでしたわ」

トレイシーの宝石箱が空だった理由はわかった。

しかしケイティは、相変わらず明け透けに物を言う。トレイシーの味方なのか、貶《おとし》めたいのかわからないほどだ。

「やはり大掛かりな捜査が必要ですわ。ねぇ、トレイシー」

息巻くケイティの一方で、トレイシーは弱々しい声で言った。

「でもこの広い館の中を、隅々《すみずみ》まで探すのは大変ですわ。寝台や家具まで全て検《あらた》めるとなると、とても申し訳なくて」

「トレイシーは気持ちが優しすぎますわ。プラウズ子爵家の家宝なのでしょう？　どんなに骨を折っても、探し出していただかなくては」

ケイティがまるで自分のことのように怒り、アリスに同意を求める。

「わたくし、間違ったことを言っていまして？」

「いいえ、ケイティは正しいわ。それに館の隅々まで、探す必要はないんじゃないかしら」

アリスの言葉を聞き、ケイティは目を見開く。

「アリスはどこにあるか、見当がついていますの？」

「見当ってほどじゃないけれど、あの男は二階の奥から現れたでしょう？　もし盗品を隠すなら、物置がお誂《あつら》え向きだなと思ったのよ」

「まぁ物置があるんですの？」

「ええ、私の部屋の前に。もちろんただの仮説だし、どうせ家捜しまでするなら、所持品検査もすればいいと思うけど」

ガウェインが妙な顔をしている。先だってアリスが所持品検査は必要ない、盗難目的なら館の中にはもうないかもしれないと、話していたからだろう。

「それはいい考えですわ。やるなら徹底的に、ですわね」

ケイティは両手を合わせるが、トレイシーは大げさに首を振った。

「いけませんわ、そんなこと。レディには、見られたくないものもありますでしょう？」

「今は非常時なのですから、構いませんわ。遠慮する必要はなくてよ」

「これは遠慮ではありませんわ。本当にそこまでしていただきたくないの」

トレイシーが固辞するならば、無理にとは言えない。ケイティが困った顔でこちらを見るので、アリスは自分の意見を述べた。

「本人が望んでいないなら、今すぐでなくてもいいんじゃない？　捜査活動に進展がなければ、私たちが頼まなくても、向こうから勝手に捜索をしに来るでしょう」

「そう、かもしれませんわね。まぁ最終的に見つかればいいわけですし」

ケイティが納得したところで、トレイシーが恐る恐る尋ねた。

「あの、自警団の方々は、本当にいらっしゃるんですの？」

「状況次第じゃない？　必要であれば来ると思うわ。今日の夕方でも明日の朝でも、ね」

アリスはそこで言葉を切り、いたずらっぽく笑った。

「もし見られて恥ずかしいものでもあるなら、今のうちに策を講じておいたら？　まぁ荒くれ者の殿方でも、レディの下着を漁《あさ》るようなことはしないでしょうけど」

「嫌ですわ、アリスったら。そんなこと想像してません！」

トレイシーは真っ赤になり、アリスは少しホッとする。落ち込んでいたふたりも、随分と気持ちを立て直せたようだ。

「ではそろそろ失礼するわね」

「また何か新しいことがわかりましたら、教えていただけるかしら？」

ケイティの問いに「もちろんよ」と答えて、ふたりは部屋を出た。

アリスの足は自然と厨房に向かうが、ガウェインの足取りはやけにのっそりとしている。彼女のあとを付いてくるものの、何事か考え込んでいるようだ。

「どうかしたの？」

螺旋階段を下りきってから、アリスはガウェインに尋ねた。彼は少し迷う素振りを見せたが、思い切って口を開く。

「さっきはどうして、館の中の捜索なんて言い出したの？　盗難目的だったとしたら、とっくに売り払って、ここにはないはずだろう？」

「それでケイティの気が済むなら、いいかと思ったのよ。別に反対する理由はないんだし」

「でも期待させるだけ、酷な気がして……」

アリスらしくない、とでも言いたげなガウェインを見て、なんだか気恥ずかしくなる。こちらが考えているよりずっと、彼は彼女を理解しているようだ。

「大規模捜査が行われる前に、犯人を見つければいいだけよ。私たちなら、できると思わない？」

答えになっていないのはわかっていたが、今はそれが精一杯だった。

しかしガウェインは、なぜか顔をほころばせ、胸を張って大股《おおまた》で歩き出す。

「その通りだ。変なことを聞いてごめん。早く厨房に行って、証拠を見つけよう」


大きな竈と煮炊き用の炉《ろ》がある厨房は、この規模の館なら十分すぎるほどの広さがあった。搬入用の勝手口もあり、隣の食料庫とは続き間になっているようだ。

ドレスを破くのに使えそうな調理器具は、そこかしこにぶら下がっていて、長い鉄製のフォークや先のとがったナイフは、なかなかお誂え向きだと思われた。

「何かご用でしょうか？」

長毛で縞《しま》模様の猫を抱いた年配のコックが、食料庫から顔を出した。彼は王子の来訪に戸惑っているようだったけれど、猫のほうはガウェインに興味津々で、にーにーと甘えた声を出している。

「少々見学にね。可愛らしい猫だけれど、もう長く飼っているのかい？」

ガウェインが猫の頭を撫《な》でてやると、気持ちよさそうにゴロゴロと喉を鳴らした。コックはそんな猫の様子に驚いて、目をパチパチさせている。

「この館が建ったときからおりますよ。自分を主《あるじ》のように思っていて、新人メイドには威嚇《いかく》するほどなんです。身体を触らせるのは、限られた人間だけなんですが」

ガウェインの愛情深さは、猫にもちゃんと伝わるのだろう。彼は馬も上手に乗りこなすし、動物の扱いに長《た》けている。またひとつ彼の魅力を発見して、アリスは誇らしいような、悔しいような気持ちになった。

「今は休憩中かな？　仕込みもあるだろうし、厨房には常に誰かいるのだろうね？」

周囲を見渡しながら、ガウェインがそれとなく話題を変えた。

「朝は早く、夜は遅いですが、さすがに真夜中は誰もおりません。自由に出入りできますし、奥様がお嬢様のミルクを取りに来られるのも、よくお見かけしますよ」

これは予想だにしない情報だった。

エマはこの館の女主人。いつ何時、厨房をうろつこうが、適当な道具を持ち出そうが、見とがめられるようなことはない。ルナの世話があるからと部屋にこもっていることも多く、作業時間もたっぷりある――。

などとガウェインは考えているのだろう、悩ましい顔でさらに質問をした。

「厨房の調理器具は、どこかに仕舞ったりするのかな？　いや何、昨日みたいな侵入者がいたら、危ないと思ってね」

コックは猫を食料庫の床に放すと、いたたまれない様子で頭を下げた。

「申し訳ありません、ずっとこのままです。アイツもなんであんなことをしたのか……」

アリスはコックのつぶやきを聞いて、すかさず尋ねた。

「あの男とは、仲が良かったの？」

「はい。先代から奉公していて、腕のいい造園技師だったんです。それがここ数年で人が変わったようになりましてね。突然無気力になったかと思うと、急にイライラしたり暴言を吐いたり」

「それでコルスト卿に解雇されたのね？」

コックはなぜか気まずそうに、棚の上の食材をあちこちに移動させ始めた。

「えぇ、まぁそんなところです。すみません、仕事が立て込んでいまして、そろそろ」

さっきまで猫を可愛がる余裕があったのに、とは言わなかった。あの男について、何か隠したいことがあるのだろう。今はそれがわかれば十分だ。

「あらごめんなさい、お邪魔したわね。今夜のディナーも楽しみにしているわ」

アリスがあっさり厨房を出たので、ガウェインは不思議そうだ。

「良かったの？　もう少し調査したかったんじゃ」

「いいのよ、コックにも都合があるでしょうから。それより気分転換に、ローズガーデンを散策してみない？」

こういうことを言い出すのは、大抵ガウェインが先だ。彼は喜びつつも意外そうにしている。

「もちろん。でもアリスが誘ってくれるのは珍しいね」

「あら、ご不満？」

「いや、嬉しいよ。見事なローズガーデンだし、ゆっくり見て回るのもいいかもしれないね」

＊

玄関を出てローズガーデンに足を踏み入れると、全身が芳《かぐわ》しい香りに包み込まれる。

庭園はバラの生け垣が結び目の形に刈り込まれ、幾つもの違った構成で区分けされていた。古煉瓦の階段が緩やかなカーブを描《えが》く立体的な区域もあれば、枕木のアーチに美しくつるバラが絡まる区域もある。

どこを歩いても、溢れるようにバラが降り注ぎ、感嘆の吐息が漏れた。つるバラはよく枝を伸ばすから、剪定《せんてい》が本当に大変なのだが、手入れもしっかり行き届いている。

石の張り方にまで細かく変化を付けた園路を進むと、神聖な雰囲気の空間に出た。ここに来るまで何十品種、百株以上のバラがあったけれど、これは——。

「嘘《うそ》、でしょう」

アリスは呆然《ぼうぜん》と、その場に立ち尽くした。ガウェインは彼女の反応に首をかしげつつ、のんきに口を開く。

「綺麗な色だね。ラベンダーピンクって言えばいいのかな？」

「これは、幻のバラよ。こんな青い、淡い紫は、考えられないわ」

まだガウェインにはその衝撃が伝わっていないようなので、アリスは興奮して捲《まく》し立てる。

「バラの花は、赤系か黄色系、もしくは白なの。ベルプトン中を探しても、このバラはここにしか咲いていないでしょうね」

「そんなに、すごいの？」

「バラは自然交配でできた種を撒《ま》いても、親の品種と同じものはほとんど出現しないのよ。新しい品種を作るには、膨大な時間と忍耐力がいるわ」

ようやくガウェインも理解したのか、感心した様子で言った。

「コルスト卿は、それをやってのけたってこと？」

「ええ。できるだけ青に近い親株を選んで、人工交配を繰り返していったんだわ。発芽苗の中から優良種を選抜し、増やして……、まさに気が遠くなるような作業よ」

コルスト卿のこだわりや執念には、凄《すさ》まじいものがある。バイウォルズ復活の時点でもわかっていたことだが、このローズガーデンを目にして、その印象はさらに強くなった。

不可能を可能にするなんて夢物語だと、ほとんどの人間が考えている。

でもコルスト卿は違うのだ。バイウォルズの発展も、青いバラも、実現できると本気で思っている。彼なら奇跡も起こせるのではと、非現実的なことまで考えてしまうほどだ。

高ぶる気持ちを抑えられないまま、ローズガーデンの中心部に辿《たど》り着くと、サイラスと偽ブレアが語り合っていた。

円形のガゼボの下、石材のテーブルに向かい合う姿は、完全にふたりだけの世界だ。どことなく近づきがたい雰囲気で、声を掛けられないでいると、偽ブレアのほうがこちらに気づいた。

「アリスたちも、ローズガーデンの散策デスカ？」

居心地の悪さを感じつつ、アリスは口角を上げて答えた。

「まぁ、そんなところよ。おふたりもそうかしら？」

「ブレア嬢が館に戻ってきたところだったので、僕から散歩に誘ったんだよ」

サイラスが自ら偽ブレアに近づこうとするのを、アリスは止められない。それはガウェインも同じで、彼は困惑しながら目を伏せた。

「良ければ、おふたりも一緒にお話ししマショウ」

偽ブレアはにこっと笑い、重そうな石の椅子を運んできた。サイラスとふたりきりの時間を邪魔されたとは、微塵《みじん》も思っていないようだ。

「じゃあお言葉に甘えて」

アリスは腰掛けたものの、少しテーブルから遠い。椅子を引こうとして、それがいかに重いかを知った。動かすのを諦めると、偽ブレアが微笑みながら尋ねる。

「アリスは、あのバラを見マシタか？」

どのバラか、なんて聞く必要はなかった。それだけで通じるほど、あれは衝撃的だった。偽ブレアにもその価値がわかるのだろう。

「神秘的な色だったわね。一瞬目を疑ったわ」

「ブレア嬢は先ほどからずっと、あのバラの素晴らしさを熱心に語ってくれてね。僕はただ美しいとしか思わなかったんだけれど」

サイラスが偽ブレアから、片時も目を離さずに言った。その瞳は陶然として、胸がざわつくほどの熱を帯びている。

「希望の花色を出すのは、とても難しいのよ。しかもあんなに青いなんて」

「コルスト卿は本当に有能な方デスね。優れた実業家であり、造園家でもあるわけデスから」

「そうね。このローズガーデンは、もっと周知させるべきだわ。ここは十分、バイウォルズ観光の目玉スポットになるもの」

コルスト卿がローズガーデンをあまりアピールしないのは、あくまで趣味と割り切っているからだろうか。それとも多くの人が訪れ、ここを荒らされてしまうのを恐れているのかもしれない。

「あのバラを見られただけでも、こちらに来た甲斐《かい》がありマシタ。願わくば、種を分けてもらいたいくらいデス」

アリスはドキッとしたが、偽ブレアが自らバイウォルズに来た目的を語るはずもない。今のは純粋なあのバラへの賛辞であり、ただの希望なのだろう。

「私も分けてもらいたいけれど、育てるのは難しそうだわ。コルスト卿もせっかく作出したバラを、よそに出したくはないでしょうし」

「きっと、そうデショウね。コルスト卿にはこれからも、素敵な品種を作り出していただきたいものデス」

特に残念そうな素振りも見せないので、やはりそこまで本気ではなかったのだろう。

「ブレアは植物に詳しいのね。青いバラの珍しさなんて、普通の人は知らないわ」

「詳しい、というほどではアリマセンよ。ワタシの屋敷ではいろいろな花を育てているので、少々知識があるだけデス」

「バラ以外には、どんな花を育てているの？」

「そうデスね……ユリやヘリオトロープ、グラジオラスなどデショウか」

予想に反して、偽ブレアはすらすらと花の名前を上げた。彼女は貴族ではないと踏んでいるのだが、造園に関わる仕事にでも就いているのだろうか。

「ベルプトンでも人気のある種類ばかりね。オンスラール固有の花やハーブはないの？」

アリスは特に深い意図もなく尋ねたのだが、偽ブレアは急にきょときょとした目つきになり、落ち着きをなくして立ち上がった。

「我が国の植生《しょくせい》は、それほど豊かではないのデスよ。申し訳アリマセンが、ワタシはそろそろ失礼させていただきマス。ケイティとトレイシーの様子も気になりマスので」

「ならば僕もご一緒しますよ」

サイラスがすかさず言い、あとに続こうとしたアリスたちを押しとどめる。

「ふたりはゆっくりしていくようにね。夕食まではまだ時間があるし、語り合いたいこともあるだろう？」

意味深なウインクをしてから、サイラスたちはガゼボを離れる。偽ブレアの挙動は明らかにおかしかったが、彼が不信感を抱く様子はない。

「大丈夫かな、兄上は」

「偽ブレアに夢中なのは、確かなようね。今の彼女の振る舞いも、気にならないみたいだし」

アリスの答えに、ガウェインは肩を落とす。本当はもっと励ますようなことを言えばいいのかもしれないが、こういう場合の最適なアドバイスは持ち合わせていなかった。

「サイラスに忠告するにしても、彼女の目的がハッキリしないうちは、難しいでしょうね」

「アリスがオンスラールの植物の話をしたら、突然態度が変わったよね？　それが何か関係あるのかな」

「どうかしら？　まぁ植物そのものに、興味はあるんでしょうけど。コルスト卿のことも、かなり評価しているみたいだったし」

今はそんな程度のことしか言えない。

わかっているのは偽ブレアの行動原理が、普通のご令嬢と全く違うということだ。真相に辿り着きたいなら、それを念頭に置いておくべきだろう。

ふたりは突破口を見つけられないまま、日が暮れるまで実のない議論を続けたのだった。

＊

館に戻ってくると、メイドたちが忙しそうに大広間を出たり入ったりしている。そろそろ夕食の時間なのだろう。

「やぁ、帰ってきたんだね」

頭の上からサイラスの声が聞こえてきて、アリスは顔を上げた。彼は螺旋階段を下りてくるところで、後ろには着飾ったケイティとトレイシーの姿もあった。

今夜は皆でディナーを楽しむ心境になったのだろう。

「あら、お揃《そろ》いね。ブレアは一緒じゃないの？」

「もうすぐ来るはずだよ。あぁほら」

サイラスの視線の先に、モダンな漆黒《しっこく》のドレスを着た偽ブレアがいた。

ベルプトンでは一般的でない、身体のラインを強調するようなデザインはとても目を引き、長い裾《すそ》を翻《ひるがえ》して廊下を歩くだけで絵になる。

サイラスは偽ブレアを恍惚《こうこつ》と見つめ、こちらは無駄にやきもきしてしまう。

「では私も、少々ドレスアップしようかしら」

アリスが唐突にらしくない発言をしたからか、ガウェインは呆気《あっけ》にとられ、まるで言葉を忘れてしまったみたいだ。

「アリス嬢も？　それは楽しみだな」

さすがサイラスは即座に笑みを浮かべ、固まったガウェインを肘でつついた。

「あ、僕も、すごく楽しみだよ」

「そう？　じゃあエスコートしてくださる？」

まるで伯爵令嬢のように艶然《えんぜん》と微笑むと、ガウェインはポッと頬を染めた。胸に手を置き、礼儀正しく頭を下げる。

「もちろん」

アリスは軽くうなずき、ガウェインに手を取られて黙々と階段を上がった。ゆっくりと廊下を進み、階下から見えなくなったのを確認して、彼女は早口でささやく。

「もう一度、物置を調べましょう」

「え、どうして？」

「確かめたいことがあるのよ。ランプは用意していったほうがいいでしょうね」

アリスが自室に入ると、ガウェインも慌ててあとに続いた。

「何も今調べなくても……。庭師には秘密がありそうだし、新種のバラも気にはなるけど、皆を待たせるのは良くないと思うよ」

ガウェインの忠告も気にせず、アリスはランプを取り上げた。

「さぁ、行きましょう」

アリスは逸《はや》る気持ちを抑え、向かいにある物置の扉を開けて中に入った。室内は薄暗く、ランプを持ってきて正解だったようだ。

真っ直ぐ水瓶に近づくと、膝《ひざ》をついて水面を丹念に観察する。

「悪いけど、ランプを持ってくれない？」

「あ、あぁいいけど」

ガウェインはランプを受け取り、アリスにかざしてくれる。彼女はすぐにチュニックの袖をまくると、一番水位が高い水瓶の中に肩までどっぷり腕を入れた。

「なっ、ちょ、アリス！」

動揺するガウェインの眼前に、アリスは取り出したものを恭《うやうや》しく差し出した。

「これこそ私たちが探していた、プラウズ子爵家に伝わる、ダイヤモンドのネックレスよ」

Episode 4

第四章

物見遊山という名の調査

「どういう、こと？　何が起こっているんだ……？」

ガウェインは訳がわからないらしかった。彼の混乱を表すようにランプが揺れ、物置の煉瓦塀《れんが》をゆらゆらと照らす。

予想通りネックレスが見つかって、内心アリスは安堵《あんど》していた。

アリスが真っ先に水瓶《みずがめ》に歩み寄ったのは、この部屋の中で一番良い隠し場所だからだ。透明なダイヤモンドは水の中だと目立ちにくいし、何より大事なネックレスを汚さずに済む。

「詳しい説明はあとよ。あまり時間を掛けては怪しまれるから、早くディナーに合流しましょう」

「そのネックレスは」

「私が預かっておくわ」

「え、トレイシーに返さないの？」

驚くガウェインを尻目に、アリスはネックレスをポケットに入れる。

「私がさっき所持品検査を仄《ほの》めかしたから、危険を察して物置に隠したのよ。多分犯人はずっと、肌身離さず隠し持っていたんでしょうね」

「待ってよ。じゃあ犯人は」

アリスがガウェインを遮《さえぎ》り、人差し指を唇に添えた。

「証拠はないんだから、滅多《めった》なことを言ってはダメ。犯人を捕まえたいなら、現場を押さえるしかないわ」

「でもいつ取りに来るかわからない犯人を、ずっとここで見張っておくわけには」

「物置で人の気配がしたとでも言えば、犯人はネックレスが無事か、確認せずにはいられなくなるわ。今晩中には必ず現れるはずよ」

ガウェインは一瞬納得しかけたが、すぐに眉根を寄せた。

「誘い出すのはいいけど、一晩中ここにいるつもり？」

「あら、ガウェインは、私に付き合ってくれるんでしょう？」

アリスがさも当然のように言うと、ガウェインは目を瞬《またた》かせ、ランプを持っていない手を額に当ててハハハと笑い出す。

「うん、そうだね。よし、その作戦で行こう」

「そうと決まれば、さっさと着替えなくちゃ」

「本当にドレスを着るつもり？」

「この格好のままだと、上で何をしていたのかと怪しまれるでしょう。支度をする間、ガウェインは部屋の外で待っていて」

気掛かりな様子のガウェインを廊下に残し、アリスは自室に入った。急いでチュニックを脱ぎ、クローゼットからドレスを取り出そうとして、大事なことを思い出す。

コルセット！

目の前のことに必死で、淑女として当然の嗜《たしな》みを忘れていた。ガウェインのさっきの表情は、このことを予見していたのかもしれない。

さすがのアリスも、ひとりでコルセットは締められない。今更メイドを呼ぶわけにもいかず、頼めるのはガウェインだけだ。

しかし、いくらなんでも――。

アリスにだって、レディとしての恥じらいくらいはある。ガウェインにそんな、はしたないことはさせられない。

しばらく考え込んでいたアリスだったが、時間が経《た》てば経つほど皆の疑念を生むばかり。

一計を案じたアリスは、先にコルセットの穴に緩く紐《ひも》を通した。頭から被って腕を抜き、後ろ手で紐を結ぼうと試みる。

「っと、ん、しょ」

ダメだ。うまくいかない。

諦《あきら》めたアリスは覚悟を決め、薄く扉を開けてガウェインを呼んだ。

「ガウェイン、ちょっと」

扉の傍《かたわ》らに立っていたガウェインは、不安そうに言った。

「どうかした?」

「私ひとりじゃ、コルセットを締められないの。手伝ってちょうだい」

ガウェインの顔は途端に真っ赤になって、大げさに手を左右に振る。

「な、コルセットって、そういうのはメイドが」

「今からメイドを呼んだら、それこそ怪しまれるわ。ほとんど紐は通したから、最後だけ締めてくれればいいの」

「いや、でも」

「いいから。ちゃちゃっと結んでちょうだい」

アリスが扉の隙間《すきま》に背中を出すと、ガウェインがおっかなびっくり紐を取ったのがわかる。

ガウェインはアリスに極力触れないよう、細心の注意を払いながら紐を引っ張った。彼は息を止めているのか、極度の緊張がこちらにも伝わってくる。

「っはぁはぁ、終わった、よ……」

脱力したガウェインに、アリスは素早く礼を言って扉を閉じた。心臓に手を置くと、ドキドキと激しく脈打っている。

いくら事件解決が最優先だと言っても、目先のことに囚われすぎだ。アリスだって一応お年頃なのに、こんな体たらくではガウェインにも愛想を尽かされてしまう。

――なぜ、心がモヤモヤするのだろう。

ガウェインの前で取り繕《つくろ》う気なんてないし、格好付ける気もないのだが、どこかで彼の評価を求めているのだろうか？

まるで自分の気持ちが自分のものではないようで、苦しい。別にガウェインがアリスを、どう思

おうが構わないはずなのに。

得体の知れない悩みがアリスを絡め取り、このままだと抜け出せそうにない。彼女は自らの動揺を振り払うように、ドレスを頭から被った。

丁寧に髪を櫛《くし》で梳《と》かし始めると、少しずつ心が落ち着いていく。母親の形見の櫛を持ってきて良かった。アリスの弱い心を、奮い立たせてくれるようだ。

「お待たせ」

支度を終え、ネックレスを隠し持ったアリスは、部屋を出た。

「さっきは、ごめんなさい。普段コルセットなんて着けないから、うっかりしていたのよ」

恥ずかしいというより、顔向けできないという感情が近いだろうか。うつむくアリスを見て、ガウェインは明るく笑った。

「アリスでも、うっかりすることなんてあるんだね」

「そりゃあるわよ。私をなんだと思ってるの」

つい顔を上げて抗議すると、ガウェインが柔らかく微笑《ほほえ》んでいる。

「アリスはいつだって格好良くて、なんでもできて、おまけにすごく、綺麗《きれい》だからね」

頰《ほお》がボンッと、上気したのがわかった。アリスは返答に困ってしまい、心の揺れを悟られないよう、できるだけ素っ気なく言った。

「……きっと、ドレスがいいのね」

「違うよ。アリスが、綺麗なんだ」

ガウェインがやけに真面目くさって言うので、アリスは彼の背中を押して歩き出す。

「いいのよ、私にはお世辞なんて言わなくても」

「いやだからお世辞じゃ」

「さぁ早く行きましょう。皆が待ちかねているわ」

照れ隠しだという自覚はあったけれど、今はそんな風にしか言えなかった。


「では皆さんお揃《そろ》いですね。こうして全員で、ひとりも欠けることなく、食事ができることを大変嬉《うれ》しく思います。どうぞディナーを楽しんでください」

お祈りとコルスト卿の挨拶《あいさつ》が終わって、アリスは早速ラム肉のシチューを掬《すく》った。じっくり煮込まれているからか、肉はほろほろと柔らかく、香味野菜の甘さともマッチしている。

「ルバーブのタルトやスコッチエッグもどうぞ。ガチョウのグリルもございますよ」

コルスト卿が他の料理も勧めてくれるので、アリスは嬉々《きき》として料理を口に運んでいく。

「アリス嬢はどんなに着飾っても、アリス嬢だね」

サイラスがクスッと笑い、アリスは眉をひそめる。

「どういう意味かしら？」

「いやいや深い意味はないよ。こんなに美味《おい》しそうに食べてくれるなら、コックも嬉しいだろうなと思っただけさ」

「あら、サイラスはこのご馳走《ちそう》に不満なの？」

「いやいや、そんなことはないよ。ただアリス嬢ほど、新鮮な驚きが持てないだけだ」

アリスにとってはまたとない贅沢《ぜいたく》でも、サイラスには日常なのだ。王子ともなれば、このくらいの食事は毎日取っているだろうし、飽きるのもわからなくはない。

「でしたら明日の晩は、少々特別なお料理をお出ししましょう」

コルスト卿の目がキラリと光り、にこやかな笑顔で続ける。

「シチューの仕上げに、バイウォルズ特産のハーブで風味付けすると、複雑で奥行きのある味わいになるのですよ」

「ほう、それは非常に楽しみですね」

サイラスが嬉しそうに答え、アリスは興味を引かれてコルスト卿に尋《たず》ねる。

「どんなハーブなんです？　育てるのは難しいのですか？」

「申し訳ありません、私も詳しいことはよく」

コルスト卿が答えたくなさそうだったので、アリスは空気を読んで話題を変えた。

「こちらではハーブだけじゃなく、花もたくさん育てておられますよね。隣には立派なローズガーデンもあることですし、各部屋の花瓶《かびん》はもう撤去されては」

「お気に召しませんか？」

憂《うれ》わしげな顔で尋ねられ、アリスは大きく手を左右に振った。

「いえ、大変美しいのですが、メイドの負担になっている気がして」

「アリス様はお優しいのですね。しかしあれも彼女らの仕事ですから」

「でも朝に水替えをして、夜もというのはやりすぎでは？」

「夜、ですか？　それは申しつけていませんが」

コルスト卿が首をかしげ、アリスはとぼけて見せる。

「あら、そうなんですか？　さっき下りてくるときに、物置で人の気配がしたものですから」

「物音でも、しましたか？」

「きっと気のせいでしょう。また誰かが館に入り込んだとしても、物置にはとくに貴重そうな物もありませんでしたし」

カシャン――。コルスト卿がフォークとナイフを、皿に落とした。

真っ青な顔をして、声を震わせながら尋ねる。

「物置に、お入りになったのですか？」

アリスはコルスト卿の変貌《へんぼう》に驚きつつ、すぐに謝罪する。

「ごめんなさい、私がメイドに無理を言ったんです。どうか叱らないであげてくださいね」

コルスト卿は「それはいいのですが」とつぶやき、目を忙《せわ》しなく泳がせる。掃除も行き届かず、整頓もされていない物置を見られて、決まり悪いのだろうか。

「あの、少し片付いていないくらい、私は気にしませんけど」

アリスが言葉を添えると、コルスト卿の顔色は幾分良くなった。何かを誤魔化すような笑みを浮かべ、もう一度フォークとナイフを手に取る。

「いえ、物置だからと、気を抜いていた私が悪いのです。明日掃除させましょう」


夕食後、アリスは誰よりも先に二階へ上がった。本当はドレスを着替えたいところだが、人目に付く前に物置へ向かう。

埃《ほこり》っぽい部屋に入ると、あの独特な匂いが気に障《さわ》った。青草の生々しさに、花の甘さを混ぜたような空気がまとわりついてきて、アリスは窓を開ける。

新鮮な外気が流れ込むと同時に、顔を強《こわ》ばらせたガウェインが入ってきた。アリスは彼の緊張を解《ほぐ》すように笑顔を向ける。

「そんなに気を張り詰めなくていいわよ」

「でも、これから捕り物劇があるわけだし」

「昨日みたいなことには、ならないと思うわ。もし騒ぎになっても、あの庭師を撃退したガウェインなら、心配ないでしょう」

アリスはそこで言葉を切り、目をあちこちに泳がせる。

言おうか言うまいか迷ったけれど、やはりきちんと伝えておくべきだ。アリスは意を決して、口を開く。

「その、あのときは、ありがとう。私、ちゃんと御礼を言っていなかったわよね？　助けてくれて、すごく嬉しかったんだけど、なんていうか、皆がガウェインの活躍に心を奪われてて、なぜか胸が苦しくなっちゃって、本当にどうしてあんな感じになったのか、全然わからないんだけど、とにかく感謝はしているのよ」

思いのほか長口上になり、ガウェインは最後に笑い出す。

「な、何よ、何がおかしいの？」

「いや、別におかしくはないよ」

そう言いながらも、ガウェインの笑みは止まらない。アリスはなんだか恥ずかしくなってきて、軽く睨《にら》んで抗議する。

「じゃあどうして笑うのよ」

「嬉しいから。アリスは嫉妬《しっと》してくれたんだろう？」

「嫉妬？　どうして私が」

「大丈夫だよ。どんなご令嬢が言い寄ってきても、僕がアリス以外の女性に興味を持つことなんてないんだから」

ガウェインが優しく微笑めば微笑むほど、アリスは面《おも》はゆいような気持ちになって、また長々と言い訳のような言葉を並べてしまう。

「そういうのを、自意識過剰って言うのよ。そりゃあ少しは、格好いいかなとは思ったけど、私がヤキモチなんて焼くはずないでしょう？　全く失礼しちゃうわ。むしろご令嬢方からモテるのは、喜ばしいことじゃないの。ガウェインは本当に、何もわかってないわね」

アリスはフンと顔を背《そむ》けると、窓を閉めてガウェインを急《せ》かした。

「さぁ隠れて！　犯人を待つわよ」

部屋の隅《すみ》で毛布を被ると、辺りが急に静かになったような気がした。

今夜はルナの泣き声もしない。

ガウェインは側《そば》にいるはずだが、まるで気配がなく、心許《もと》なくなったアリスはそっと毛布の隙間から隣を窺《うかが》った。

ちゃんと、ガウェインはそこにいる。

さっきは照れ隠しでいろいろ言ってしまったけれど、今は無性に頼もしい。暗闇《くらやみ》の中でガウェインの存在を感じられるだけで、勇気が漲《みなぎ》ってくるようだった。

——どのくらい時間が経ったのだろう。

ふたりは黙ったまま、犯人の訪れを待っていた。

長いようで短くもあり、アリスはウトウトと船を漕《こ》ぐ。

「眠いなら、寝ていいよ」

ガウェインのささやきが聞こえ、アリスはぶるんと首を振った。

「違うの、眠いわけじゃなくて」

アリスが答えた途端、物置の扉が開いた。

フードで顔を隠した誰かが、こっそりと室内に滑り込む。

待ち人は水瓶に近寄って、ランプに火を付けた。明かりで顔が浮かび上がり、ガウェインが息を呑《の》んだのがわかる。彼の予想とは、違う人物だったのだろう。

「お探しの物なら、ここにあるわよ」

水瓶に腕を突っ込んでいたトレイシーは、急に声を掛けられてひっくり返った。アリスの手に握られた、ダイヤモンドのネックレスを見て驚愕《きょうがく》する。

「どう……して」

「全部、お芝居だったのよね？　自警団の所持品検査に怯《おび》えて水瓶に隠したけど、物置に人が出入りしているかもと聞いて、気になって見に来たんでしょう？」

アリスの問いかけに、トレイシーは答えられない。

「ケイティのドレスも、あなたがやったのよね？」

トレイシーは戦慄《せんりつ》し、しどろもどろで言った。

「証拠でも、あるんですの？」

アリスはその場にしゃがみ、トレイシーの目線に合わせて話し始める。

「あなたは初日のディナー、途中退席したわね」

「それが何か？　気分が悪かっただけですわ」

「あら、騒ぎに乗じてケイティの部屋に忍び込み、自分のドレスと交換するためでしょう？」

トレイシーは無言だが、アリスは話を続ける。

「人形のネックレスを引きちぎったのも、そのときかしら？　あれだけ館中が騒然としていたら、なんだってできたでしょうね」

「想像だけで、よくそんな侮辱《ぶじょく》ができますわね。ネックレスはともかく、ドレスを持ち帰ったところで、この私に破けたと思いますの？」

虚勢を張ってでもいるのか、トレイシーはきっとアリスを睨んだ。

「非力な私の手では無理ですわ！」

「そりゃあ骨が折れたとは思うわよ。翌朝眠そうにしていたものね」

「私はそんなこと、聞いていませんわ。どうやって厚みのあるドレス生地を八つ裂きにしたか、教えてくださらない？」

挑戦的なトレイシーの視線を受け、アリスはあっさり答えた。

「部屋に置いてあった、火かき棒を使ったんでしょう？」

目も口も大きく開いたまま、トレイシーは固まってしまった。

「ドレスのあちらこちらに太めの縫い針で穴を開け、ベッドにのぼって頭上にある天蓋《てんがい》のフレームに吊《つ》るす。あとは火かき棒の鉤《かぎ》状になった尖端でさらに穴をこじ開けながら、取っ手を摑んで勢いよくベッドから降りるだけ。それを繰り返せば、あなたでもドレスを破くことは可能よ」

トレイシーは呆然としていて、続くアリスの言葉も聞いているのかどうかわからない。

「天蓋のフレームには真新しい擦り傷があったし、ドレスの切れ端にもうっすら煤《すす》が付いていた。宝石箱も同じ要領で壊したのよね？　床に置いて鍵穴に火かき棒を刺し、体重を乗せればいいだけだわ」

「……どうして、火かき棒を使ったと、わかりますの？」

まるで悪あがきでもするかのように、トレイシーが尋ねた。

「あなたの部屋だけ、暖炉の中に落ちていたもの。慌てていて、柵にかけ忘れたんでしょう？」

アリスはトレイシーの返事を待った。しかし彼女は沈黙を守っている。

「もし私が間違っているなら、おっしゃっていただいて結構よ」

トレイシーはギュッと唇を噛《か》み、目を瞬かせた。最早無駄な抵抗でしかないにもかかわらず最後の力を振り絞って反論を試みる。

「仮にアリスの推理が正しかったとしても、ケイティの部屋にドレスを戻さなければなりませんわ。二日目の朝、私はずっとアリスと一緒だったではありませんか」

「朝食のあと、あなたは私を読書に誘ったじゃない。あれは、部屋に行く理由が欲しかったからでしょう？」

アリスはポケットから取り出したものを、トレイシーに渡した。

「きっと、焦ってドレスを戻したんでしょうね。これが廊下に落ちていたわよ」

トレイシーは手のひらのビーズを見て、ついに観念したらしかった。黙ってうつむく彼女の前に、ガウェインが片膝《ひざ》をつく。

「なぜ、こんなことを?」

「……最初は、偶然だったんですわ」

ぽつりとトレイシーがつぶやいた。

「サイラス王子とケイティに合流しようと急いでいたら、人形がのったテーブルを倒してしまいましたの。運悪く床板から飛び出ていた釘が、ケイティ人形のドレスを破いてしまったんですわ」

初日の散歩のときの話だ。ブレアの部屋の花瓶も倒したあとだから、なかなか言い出せなかったのだろう。

「まさかケイティが、あれほど怖がるとは思わなかったんですの」

トレイシーはふっと笑い、すぐにうなだれて続ける。

「私、それを利用することにしたんですわ。ケイティは侯爵令嬢で、王子おふたりとも顔見知り。何歩もリードしているあの方を出し抜くのに、ちょうどいいと思ったんですの」

「そこまでして、君に得るものはあったのか……?」

ガウェインは明らかにショックを受けていた。上品でお淑《しと》やかなトレイシーが、大胆《だいたん》不敵な犯行に及んだことが信じられないのだろう。

「十分ありましてよ。ケイティの鼻を明かすことこそできませんでしたけれど、おふたりと同じ部屋で寝起きして、懇意にはなれましたわ。現在のプラウズ子爵家は、弱小で借金まみれです。社交界との太い繋《つな》がりを作るには、この休暇旅行に賭《か》けるしかなかったのですわ」

トレイシーは堂々と言って、臆面もなく胸を張る。

コルスト卿はトレイシーが肖像画を送ってきたと話していた。彼女は並々ならぬ決意で、今回の参加を勝ち取ったのだろう。

「私は高貴な殿方に見初《みそ》められて、両親に恩返しをしたいのです」

最後に放った言葉が、全てだろう。

トレイシーが誰と結婚するかで、プラウズ子爵家の将来が決まるのだ。そのか弱い肩に家名を背負うのは、大きなプレッシャーだったに違いない。

だとしても――。

「世の中には、やっていいことと、悪いことがあるのよ」

アリスが責めるでもなく、咎《とが》めるでもなく言うと、トレイシーはうなだれる。

「……はい。ケイティには、申し訳ないことをしましたわ。どんな罰でも、甘んじて受けるつもりです」

「その必要はありませんわ」

突然物置の扉が開き、ケイティが姿を現した。これはさすがのアリスも想定外だった。

「どうして、ここに」

動揺したトレイシーがつぶやき、ケイティはつかつかとこちらに歩み寄る。

「隣で寝ていたあなたが、部屋を出て帰ってこないんですもの。探しに廊下へ出たら、物置から明かりが漏《も》れているでしょう？　はしたないとは思いつつ、立ち聞きさせていただきましたわ」

ケイティはにっこり笑って、トレイシーの手を取った。

「わたくし、以前も言ったはずですわ。ドレスはまた、仕立てればいいのです。トレイシーが評判を落とす必要はありませんわ」

「私はドレスだけじゃなく、ケイティを不必要に脅《おど》かしましたわ」

「わたくしを宥《なだ》めて、寄り添ってもくれましたわ。それがどれだけ心強かったか。トレイシーは友達だと、わたくし思っていますの」

トレイシーは顔を歪め、ケイティの手を振り払った。

「あれはただの、罪悪感ですわ。過ちを犯した私を、友達だなどと……。ケイティの価値が下がりましてよ」

「わたくしの価値なんて」

ケイティが掃いて捨てるように言った。彼女らしくもない口ぶりで。

「過ちなら、わたくしも犯したことがあります。誰より優しく、誰より愛してくれた人を、わたくしは裏切ったのですわ」

唐突に始まったケイティの告白に、皆戸惑いつつも聞き入ってしまう。

「わたくし、さる殿方に見初められたことがあるんですの。トレイシーの憧れるような、高貴なお方ですわ。ハンサムで親しみやすく、ダンスもお上手で」

「自慢なさりたいの？」

困惑したトレイシーがつぶやくと、ケイティは深刻な表情を浮かべた。

「姉が先に結婚して焦っていたわたくしは、プロポーズに舞い上がって、すぐに承諾してしまったのですわ。……彼とわたくしは、親子ほど歳《とし》が離れていましたのにね」

悲劇的な結末を皆が予感し、ケイティが笑った。

それはルナを抱いていたときに見せた、寂しげな笑みだった。

「婚約発表のバンケットが近づくにつれ、わたくし気づきましたの。とても夫婦になどなれないことに。直前で逃げ出したわたくしを、彼は許してくれましたわ」

ケイティはキッパリと顔を上げ、早口で捲《まく》し立てる。

「それどころか、サイラス王子との休暇旅行にも参加できるよう、取り計らってくれたのです。わたくしも、恋のときめきを知るべきだと言って」

コルスト卿は入念に選考をしたと話していた。問題の殿方はケイティをねじ込めるほど、身分の高い男性だったのだろう。

ウォーカー侯爵家は、本物の名家だ。

もし両家の結婚がまとまっていれば、社交界を席巻《せっけん》したのは間違いない。バンケットに向けて、多くの費用や労力がすでにかかっていたはずで、だからこそケイティには自責の念があるのだろう。

「気の迷いは、誰にでもありますわ」

何もかも打ち明けてスッキリしたのか、ケイティは晴れやかな顔をして続ける。

「わたくしも彼のように広い心で、トレイシーを許したいのです。それがわたくしなりの、償《つぐな》いなのですわ」

どれだけ天真爛漫《てんしんらんまん》に見えても、人には言えない胸の内はあるものだ。

アリスは自分の人生経験のなさを思い知ったし、人を表面だけでしか判断できていなかったと反省した。誰にだって、古傷のひとつやふたつあるというのに。

「ケイティがそれで構わないのなら、真相を明らかにする必要はないわね。偶然ネックレスは発見された、ってことでいいんじゃない？」

ガウェインがゆっくりと首を縦に振った。彼もアリスと同じ気持ちなのだろう。

「これから先、ふたりは新しい友情を、育《はぐく》んでいけばいいと思うよ」

「でも」

トレイシーは納得いかない様子だが、ケイティは微笑んで腕を絡める。

「もし謝罪の気持ちがあるなら、わたくしにまた本を読んでくださらない？　トレイシーの朗読は、とても心地いいですもの」

たとえ罪が許されても、行いが消えるわけではない。

トレイシーはそれがわかるほどには利口だし、分別もある。だからこそ、どんな罰も受けると言ったのだ。

しかし、安堵はしたのだろう。

単純に赦免《しやめん》を喜ぶことはなくても、涙で震える声で「ありが、とう」と言ったから。

＊

「なるほど、そういう事情だったんだね」

翌朝サイラスの部屋でお茶をしながら、アリスとガウェインは全てを語り終えた。事件の真相は秘匿《ひとく》しておくと約束したが、サイラスには伝えないわけにいかなかったからだ。

結局偽《にせ》ブレアは犯人ではなかったわけだけれど、彼女が何か企《たくら》んでいるのは間違いない。

むしろここからが本当の戦いかもしれないのだが、サイラスはスッキリした顔で、カップの紅茶を美味しそうに飲んでいる。

「さすが、アリス嬢だ。素晴らしい手際だね」

「お褒めいただき光栄ですわ」

アリスはにっこり笑うと、牽制《けんせい》も込めて尋ねた。

「ところでサイラスは、早速ブレアにアプローチするの？」

「そんな、えっと、そういうことは、兄上が、お決めになることで」

アワアワするガウェインを、サイラスはおかしそうに見つめている。偽ブレアに対して、なんの疑いも抱いていないから、そんな表情ができるのだ。

「ガウェインは、ブレア嬢がオンスラール出身だから、気を揉《も》んでいるのだろう？　大丈夫だよ、これからは国際結婚も主流になってくるかもしれないし」

「け、結婚って、そこまで考えてらっしゃるのですか？」

ガウェインは動揺のあまり立ち上がったけれど、サイラスは澄ました顔で答えた。

「僕は誰とお付き合いするときも、結婚を考えているよ」

清々《すがすが》しいほどサイラスらしい答えに、アリスは開いた口が塞《ふさ》がらない。ある意味王子らしいとも言えて、ガウェインも少しは見習ったほうがいい気さえするくらいだ。

しかし、今回ばかりは相手が悪すぎる。

「サイラスの邪魔をする気はないけれど、距離を縮めるなら慎重にしたほうがいいわ。文化の違いもあるのよ？」

アリスがさりげなく忠告すると、サイラスはハハハと笑う。

「わかってるよ。アリス嬢はまるで母上みたいだな」

「恐れ多いことを言わないでちょうだい。私はただ」

「気遣ってくれているんだろう？　もちろん嬉しいよ」

サイラスはとびきりの笑顔を浮かべ、落ち着いた声で続ける。

「やはり僕の目にくるいはなかった。ブレア嬢は無実だったんだからね。幾つか障害があるのはわかっているけれど、僕が彼女を支えていきたいんだ」

ガウェインが唖然《あぜん》としている。

サイラスが本当に本気だからだろう。アリスにもそれが確信できるくらいに。

「ブレアは儚《はかな》く見えるけれど、男性に寄りかかるタイプじゃないでしょう？」

「わかってるよ。でもそういう女性が全てを預けたいと思える男性こそ、男の中の男だ。僕が目指すべき、理想の人間なんじゃないかな？」

意外にも地に足のついた答えに驚く。これまでもサイラスは、いたずらに女性遍歴を重ねてきたわけではないのだろう。さっきの台詞《せりふ》にも嘘偽《うそいつわ》りはなく、真剣に未来の王妃を探してきた。

その上で、あえて偽ブレアを選んだのだ。

初恋の熱に浮かされているのではないなら、余計に始末が悪い。サイラスを翻意《ほんい》させるのは、並大抵のことではないだろう。

返す言葉を失ったふたりを見て、サイラスは明るく言った。

「まぁ僕のことはいいさ。ふたりきりで、のんびりバイウォルズ観光をしておいで。事件はもう解決したんだからね」

サイラスがふたりきりに、変なアクセントを置いた。なぜかガウェインは赤くなっているが、アリスには意味がわからない。兄弟だけに通じる、符牒《ふちょう》なのだろうか。

「別にふたりでなくて、いいけど」

アリスの答えに、サイラスが苦笑いする。

「そう言わずに。ガウェインが一緒だと、サービスも良くなると思うよ」

「サービス、ね……」

「せっかく出かけるなら、おめかしするのもいいんじゃないかな」

言外の意味を汲《く》み取り、アリスはあえて言葉にする。

「今の格好だと、ガウェインのメイドに間違われるからかしら？」

「アリス嬢は綺麗なんだから、相応の格好をすればいいと思うだけさ」

サイラスは誰でも褒めるから、真に受けるつもりはない。

しかし村で聞き込みをする以上、ふたりのほうが都合はいいだろう。ガウェインと連れ立って歩くなら、アリスもドレスを着るべきだ。

「いいわ、支度をしてきましょう。ガウェインはここで少し待っていて」

アリスが立ち上がると、ガウェインはかなりビックリした顔をする。

「本当に？」

偽ブレアが度々外出していることからしても、恐らく彼女の目的はバイウォルズそのもの。これはただの観光ではないのだ。

「私たち、まだやるべきことがあるでしょう？」

アリスがガウェインをじっと見つめると、彼はすぐに顔を引き締め、硬い表情でうなずいたのだった。

＊

コルスト卿にバイウォルズを見て回りたいと言うと、嬉々として簡単な地図を貸してくれた。自ら案内しましょうかと申し出てくれたが、それは丁重にお断りして、館からほど近い商店に向かう。

「相変わらずコルスト卿は、バイウォルズのこととなると必死ね」

アリスが地図を見ながらつぶやくと、ガウェインも同意する。

「あぁ。地元をアピールしたいのはわかるんだけど」

コルスト卿の熱弁のせいで、三十分は出発が遅れてしまった。アリスはため息をつくと、斜め前にある小さな石造りの、可愛《かわい》らしい建物を指さす。

「そこが商店みたいよ」

木彫りの看板を確認してから、アリスは扉を開けた。カランカランというドアベルの音と共に、ネズミが一匹飛び出してくる。

「きゃっ」

アリスが驚いて後ろに飛び退《すさ》ると、店主らしき年配の男性が申し訳なさそうに現れた。手にはネズミ捕り用の木箱を持っている。

「どうもすみません、捕まえたネズミに逃げられまして」

人の好《よ》さそうな店主は、ガウェインの顔を見た途端、薄くなった頭をしきりに下げた。

「これはこれは、ようこそいらっしゃいました。どうぞ中にお入りください」

ネズミが走り回っていたのかと思うと、軽々しく足を踏み入れられない。アリスはドレスの裾《すそ》を持ち上げて、そっとつま先を床にのせた。

しかし警戒せずとも、中は非常に清潔で塵《ちり》ひとつ落ちていない。

昼でも薄暗く、そこかしこにしなびた野菜が転がっている、グラストルの商店とは大違いだ。窓も棚も掃除が行き届き、きちんと害獣対策をしているからこそ、ネズミが罠《わな》に掛かったのだろう。

「それで、何かご所望ですか？」

「こちらで美容オイルが買えると聞いたのですけど」

アリスが口を開くと、店主はカウンターの向こう側に回った。下でごそごそしていたかと思うと、小瓶を数本取り出す。

「どうぞお試しください、特産品のシードオイルを使っています」

小瓶にはゼラニウムだとか、ラベンダーだとかラベルが貼ってあり、アリスがコーヘッドで作っているハーブオイルとよく似ている。

アリスはペパーミントと書かれた小瓶を取り上げ、手で扇《あお》ぎ寄せるようにして匂いを嗅《か》いだ。

清涼なミントの香りに混じって、ナッツのような独特の匂いがする。少なくとも彼女が普段使っている、無臭のひまわりオイルではない。

「他にも軟膏《なんこう》や、練り香水などもありますよ」

店主は次々に商品を並べ、アリスはローズの練り香水を、手首の内側につけてみた。

コルスト卿の見事なローズガーデンを彷彿《ほうふつ》とさせる、甘くフルーティな香りが漂う。が、バラの花びらを漬け込んでいるであろうオイルには、やはり馴染《なじ》みがなかった。

「一風変わったオイルのようですが、工房を見せていただくことはできますか？」

さっきまで愛想が良かった店主が、急によそよそしくなった。

「それは、難しいと思います」

店主はアリスから視線をそらし、キョロキョロしながら言い訳を並べる。

「職人も驚くでしょうし、狭い小屋で作業していて、見学する場所もありませんしね。わざわざご覧になっても、大して面白くはないですよ」

「そうですか……。残念ですが、仕方ありませんね」

すぐに引き下がると、店主は大げさなほど安堵して言った。

「今お出ししたものがお気に召さないのでしたら、別の香りの物もございますが」

「いえ、このローズオイルをいただきますわ」

「ありがとうございます」

アリスは商品を受け取って店を出たものの、どうも釈然としなかった。店主は明らかに何かを隠している。

「少し、様子がおかしかったね」

「ガウェインもそう思う？　私も植物由来のオイルは結構知っているつもりだけれど、あんな香りのするものは初めてよ」

例の、バイウォルズ特産のハーブ、だろうか――？

コルスト卿が話題を避けていたくらいだから、秘密があるのは間違いない。青いバラを作出した彼なら、新種のハーブを開発したとも考えられる。

だとすれば、偽ブレアの目的はそれ、かもしれない。ローズガーデンでの彼女は妙だったし、植物に興味を示していた。可能性は十分あるだけに、胸の奥がザワザワするのだった。

次にふたりが訪れたのは、パブ兼カフェのような、真新しい立派な建物だった。休憩を挟むならぜひにと、コルスト卿が紹介してくれたのだ。

真鍮《しんちゅう》の取っ手が付いた木製の扉を開けると、さっきの商店よりさらに明るくて広い。吹き抜けになっているので、一階から二階フロアが見渡せ、なかなか開放的な造りだ。

天井には重厚感のある梁《はり》が露出し、床や壁はオーク材の板張り。クルミの木を使ったバーカウンターも徹底的に磨き上げられ、滑《なめ》らかに光っている。

「何か、飲み物をいただけるかな？」

ガウェインがカウンターに肘《ひじ》を置くと、マスター兼バーテンダーらしき男が畏《かしこ》まる。

「はい。どういったものを、お出ししましょうか？」

「こちらオリジナルのものを、お願いできるかしら」

アリスの希望を聞き、男はすぐさまドリンク作りに取りかかった。壁際の棚には酒樽《さかだる》やグラスが並び、夜になればビールやワインが提供されるのだろう。

きっとコルスト卿は、ここをバイウォルズの観光スポットにするつもりなのだ。

普通のテーブル席もあるけれど、フロアの一部には毛足の長いカーペットが敷かれ、座り心地のいい革張りのソファーやアームチェアが置かれている。一般的なパブよりずっと高級感があり、休暇で訪れた貴族を想定しているのだろうと思われた。

シチューやパイ、ロースト肉など、食事のメニューも豊富で、お酒を飲まなくても楽しめるように配慮がされている。

「お待たせしました」

用意されたドリンクは白く、一見したらただのミルクに見える。ふたりは同時に口を付け、思わずむせかえる。

「ん、ゴホッ」「なかなか、個性的な味だね」

強烈なスパイスの香り。すり潰《つぶ》したクローブやナツメグなどを漉《こ》して、ミルクと混ぜているようだ。あとに残る爽《さわ》やかさは、セージだろうか。

珍しいドリンクではあるけれど、材料はごく普通だ。例の特別なハーブは使われていないらしい。

「これは、アルコールを入れたほうが合いそうね」

アリスの指摘に、男がにこやかに微笑む。

「夜はそのようにして、お出ししていますよ。うちの看板メニューです」

「それには、バイウォルズ特産のハーブも加えるのかしら？」

アリスが尋ねると、男は困った顔でうなずく。

「ご希望があれば」

「オイルを垂らすの？」

「いえ、葉をスパイスと一緒にすり潰して入れるんです。かなり風味が変わりますし、アルコール成分も高まって、酔いも早まりますね」

「看板メニューってことは、皆それを飲みに来るのかしら？　わざわざバイウォルズを訪れる、理由にもなっていたりして？」

男はますます弱ってしまい、曖昧《あいまい》にうなずく。

「そう、かもしれません。人気があるのは間違いないですよ」

これ以上は聞いてくれるなという圧力を感じ、アリスはドリンクを飲み干した。ここにいても、得られるものはもうないと思ったからだ。


店を二軒も回ったのに、これといった手がかりは得られなかった。

コルスト卿は特産品について多くを語ってこなかったけれど、なんらかの植物がバイウォルズ活性化の要《かなめ》になっているようには感じられる。

「謎は、深まるばかりね……」

人気《ひとけ》のない川縁《べり》で座り込むアリスに、ガウェインも同意する。

「あぁ。バイウォルズ特産のハーブって、結局なんなんだろう？」

「もしかしたら、新種なのかもしれないわ。バイウォルズだけの特産品を生むために、コルスト卿が作り出したのかも」

現実離れした話だとは思うが、コルスト卿ならやりかねないという気もする。ガウェインはにわかには信じられないようで、首をかしげている。

「でも新種って言っても、なんらかの植物がベースになっているはずだろう？　種から油がとれて、葉が食べられる植物に、心当たりはあるの？」

「種子からオイルを抽出できる植物は、幾つかあるわ。でもあのシードオイルの香りに、近しいと感じたものはなかったのよね」

「葉からなら、何かわかったんじゃない？　ドリンクに入れてもらうのも、良かったと思うけど」

アリスの好奇心の強さをよく知っているから、そんな言い方をするのだろう。確かにいつもの彼女なら、自身で体験しようとしたはずだ。

「胸騒ぎが、したのよ」

嫌な予感をなんとか言語化しようとして、アリスはおもむろに続ける。

「酔いが早まると言っていたし、葉自体にも人を酔わせる成分が入っている気がして」

「確かに、今酔ってしまうのは避けたいね。でもそれなら、オイルのほうも不安だな。練り香水をつけてたけど、大丈夫？」

ガウェインはアリスの腕を取り、顔を覗《のぞ》き込んだ。長い睫《まつ》毛《げ》に縁取られた、綺麗な碧《あお》い瞳が迫ってきて、彼女は手を振りほどきそうになる。

「え、ぁ、大丈夫よ。オイルは多分」

アリスは必死で平静を装うが、頬が熱を持ち始めるのを感じた。ガウェインはまだ心配そうで、ますます顔を近づけてくる。

「本当に？　すごく顔が赤いけど。熱でもあるんじゃない？」

気遣ってくれるのは嬉しいが、距離が近すぎる。アリスは座ったまま後ずさり、なんとか口角を上げて言った。

「ドレスが、ほら、いつもより窮屈《きゅうくつ》だから、ちょっと暑いのかも」

「えっ？　じゃあ一度戻って着替えを」

「ちょ、そこまでじゃないわ。私は本当に、全然平気だから」

「とてもそうは見えないよ。熱を測ってみたほうがいいんじゃ」

ガウェインが額に手を触れようとするので、アリスは早口で捲し立てた。

「そ、それより、不思議だと思わない？　これだけバイウォルズを散策しても、問題の植物を栽培している畑が見つからないのよ」

くるっと身体《からだ》を反転させ、ガウェインはアリスから離れた。顎《あご》に指を添え「そう、だね」とつぶやく。

「まるで意図的に隠されているみたいだ。コルスト卿は何を恐れているんだろう？」

アリスは胸をなで下ろし、思案しながら口を開く。

「すぐに考えつくのは、有益な品種の流出ね。今はバイウォルズだけで栽培されているから、優位性が高いわけでしょう？」

ガウェインは目から鱗《うろこ》が落ちたみたいに、一点を凝視したまま固まってしまう。

「もしかして偽ブレアの目的は、その種子、なのかな？」

「可能性はあるわね」

「だったら偽ブレアより先に、畑を見つけないと」

立ち上がったガウェインの焦りはわかるが、闇雲に探すのは得策ではない。そのやり方では、偽ブレアと同じで行き詰まってしまうだろう。

「まずは情報を整理しましょう。これまでコルスト卿がしてきた様々な地元アピールの中に、その植物に関係しそうなものがあるかもしれないわ」

「他の特産品っていうと、布と火薬、だったかな？」

コルスト卿の発言を思い出しながら、アリスは目を閉じた。

「植物の茎から、繊維を取り出す、というのは十分考えられるわ。でも火薬、はどうかしら？　バイウォルズは自然に溢れていて、木材も豊富よ。木炭で事足りるのに、わざわざ問題の植物を燃料にする必要はない気がするけど」

「コルスト卿が作り出した品種は、何か特別な効果を持っているのかもしれないよ？」

「一理あるわね。狩猟はコルスト卿もしきりに勧めていたし、猟番小屋に行けば、火薬の原材料のことも何かわかるかもしれないわ」

ガウェインはうなずいたものの、その表情は以前にも増して険しい。偽ブレアの企みがおぼろげながらわかってきて、脅威を感じているのかもしれなかった。

森の入り口に位置する猟番小屋は、丸太を組んだシンプルなものだった。傍らには鶏《にわとり》小屋があり、番人らしき人物は黙々と薪《まき》を割っている。

「すみません」

アリスが声を掛けると、番人は顔を上げた。

「ようこそ、狩猟にお出かけになるんで？」

「いえ、少しお話を伺いたくて」

番人は一瞬首をかしげたが、すぐに人懐っこい笑みを浮かべた。

「ええですよ。狭いとこですが、どうぞお入りくだせえ」

案内されて丸太小屋の中に入ると、まず目に付いたのは鹿の頭部の剥製《はくせい》だった。立派な角と見事な毛並みは、金や銀の装飾品にも劣らない。

「あの鹿も、バイウォルズの森で仕留めたのですか？」

「さようです」

番人は簡素な椅子《いす》に腰掛けるよう促《うなが》し、自分は炉で湯を沸かし始める。お茶でも入れてくれようというのだろう。

タタタッ……。

どこからか猟犬がやってきて、ガウェインの足下にすり寄った。細く引き締まった体軀《たいく》と長い四肢《しし》から、素速い走りで獲物《えもの》を追う気品溢《あふ》れる姿が目に浮かぶ。

「立派な犬ですね」

「コイツは猟をするために、生まれてきたような犬なんで。粘り強く敏感で、とにかく鼻が利く。警戒心が強いから、知らない人間には懐かねぇんですが、珍しいこともあるもんです」

食糧庫の猫もそうだが、この犬も猟犬とは思えぬほど穏やかで大人しい。ガウェインに掛かると、どんな気性の荒い動物も可愛らしくなってしまうようだ。

「猟にはいつも、この犬を連れて行くんですか？」

「まぁ大抵は。ライチョウを見たら、尻尾をピンと立てて教えてくれるんでね」

「だから一日二十羽も獲《と》れるんですね」

番人はマグカップをテーブルに置き、彼自身も椅子に座る。

「コルスト卿がそう言いなさったんですか？　二十羽ってぇのは、すこぶる調子がいいときですよ。コイツのおかげもあるが、バイウォルズの火薬がいいんでね」

ふたりは一瞬目を合わせ、アリスが慎重に口を開く。

「そういえばコルスト卿が、火薬に特色があるとおっしゃってましたけど」

「うちのは木炭が違うんで。普通の木じゃあなく、バイウォルズ特産の植物を使っとるんです」

番人は立ち上がり、銃火器や保存食が並ぶ棚から、弾薬を取ってきた。アリスは専門外なので、見てもよくわからないのだが、一応手に取ってみる。

「何がどう、違うんです？」

「爆発力が大きくて、燃焼、なんだったかな、補助効果か、を持っとるそうですよ。元々は茎や枝から繊維を取るだけだったんですが、そのあと炭化させたら、なかなかいいもんができましてね」

「商店ではハーブオイルが売られ、パブではドリンクも提供していて、その植物は捨てるところがありませんね」

アリスが感心してみせると、番人は得意げに言った。

「うちじゃあ、葉を厩舎《きゅうしゃ》や鶏小屋にも撒《ま》いとります。抗菌作用だかで、消毒になるそうで。種は餌《えさ》にもなりますし」

葉を、撒いている――？　それはつまり、植物の現物が見られるということだ。実際手に取ってみれば、なんの植物か特定できるかもしれない。

しかし唐突に鶏小屋に入れてくれ、とは言えなかった。あまりにも不自然だし、そうでなくても、これまで散々拒まれてきたのだ。

用心深く丁寧に、心して話をつけなければいけない。

「コルスト卿の館では、頻繁《ひんぱん》に卵料理をいただくのですが、もしかしてその卵はこちらの？」

「さようで。いつも産み立てを、お運びしとります」

「まぁ、そうだったんですね！」

アリスは声を張り、感激したように両手を合わせた。

「普段食べている卵と、まるで別物の美味しさで、きっとお世話の仕方が良いのでしょうね」

「いやいや、それほどでもねぇですが」

番人が照れて頭を掻《か》き、アリスはさらに煽《おだ》ててみせる。

「ご謙遜《けんそん》なさらないで。さぞかし特別な飼育法をなさっているんでしょう。私どもの召し使いに、ご教示願いたいくらいですわ」

「そんなにおっしゃってくださるなら、少し鶏小屋を見ていかれますか？　さして面白いもんでもねえですが」

「本当ですの？　ぜひよろしくお願いいたします」

アリスは番人の手を取り、深い感謝を表す。番人は気後《きおく》れし、ガウェインは呆気《あっけ》にとられていたが、とにかくこれで見学ができる。

逸《はや》る心を抑えながら、ふたりは番人に続いて猟番小屋を出た。

「あちらです。ちょうど運動させるとこなんで、見ていってくだせぇ」

番人が鶏小屋の扉を開けると、鶏たちが外に飛び出す。遠くへ逃げることはなく、辺りの小石をつついたり、積んである薪の上に登ったりしている。

「あの鶏はいいですね。肉付きも良さそうで、赤味がかった羽の色もいい」

「さすが王子様は、お目が高いですなぁ。あれはうちでも、一、二を争う良個体でして」

ガウェインが番人の注意を引いてくれたので、アリスは急いで鶏小屋に忍び込んだ。

足下に落ちていたのは特徴的な葉だ。

書物でしか見たことはないが、アリスはその名前を知っている。

すぐ餌箱に目をやり、ドレス姿なのも忘れて地面に膝をついた。両手で中身を掬い、たくさんの種子の中から、ある種だけをより分ける。

あぁ、全部が繋がった――。

生花の歓迎も、頻繁な卵料理も、多すぎる水瓶も。

全てはこの植物のため、だったのだ。

アリスは種をギュッと握りしめると、鶏小屋を出た。番人は彼女の顔色と、泥だらけのドレスを見て、固まってしまう。

「ど、どうなさったんで？」

取り繕うこともできないアリスを見て、ガウェインがすぐさま駆け寄ってくる。

「アリス、大丈夫？」

ガウェインがアリスの肩を抱くと、彼女は彼にだけ聞こえる声で、ハッキリと言った。

「急いで戻りましょう」

「戻るって、コルスト卿の館に？」

アリスは軽くうなずくと、番人への御礼もそこそこに走り出していた。

コルスト卿は昨日のディナーで、明日の晩は特別な料理を出すと言った。もしそれが事実で、本当にこの植物をシチューに入れるつもりなら、取り返しのつかないことになる。

昨晩コルスト卿の目に宿った、あの妖《あや》しい光。

アリスの全身を強烈な寒気が支配し、恐ろしい予感で身体が震えるのだった。

Episode 5

第五章
隠されていたもの

コルスト卿の館に戻るため、走り続けていたアリスは、商店の前で立ち止まった。

アリスはハァハァと息を切らしているが、併走していたガウェインは、彼女と違ってまだまだ余裕がありそうだ。

「少し、休んだほうがいいんじゃない？　飲み物でも買ってこようか？」

両膝《ひざ》に手をつくアリスは、息も絶え絶えにガウェインを見上げる。

「それよりネズミを、もらって、きて」

唐突なアリスの願いに、ガウェインは耳を疑っているようだ。眉間《みけん》に皺《しわ》を寄せ、指先をこめかみに当てながら尋《たず》ねる。

「今、ネズミって言った？」

「昨晩のディナーで、コルスト卿が話していたこと、覚えてる？」

質問を質問で返されたからか、ガウェインは戸惑いながら答えた。

「確か、明日出すシチューは、バイウォルズ特産のハーブで風味付けする、って」

「そのハーブの正体がわかったの」

「え？」

「とても危険なものよ。皆が食事をする前に、なんとかしないといけないわ」

驚いて目を瞬《またた》かせはしたけれど、ガウェインは余計なことは一切聞かなかった。すぐに真剣な顔をして、深くうなずく。

「わかった。何匹必要？」

「多ければ多いほどいいわ」

ガウェインはアリスの答えを聞き、すぐに商店の中に消えた。彼は決して彼女の言葉を疑わない。こちらの意図の、細かい部分までは伝わっていないはずだが、気にせず行動に移ってくれる。

アリスのことを、心の底から信じてくれているのだ。

その深い信頼は、一体どこから生まれるのだろう？

かつては罪悪感ゆえだと思っていた。

アリスの境遇に責任を感じて、親切にしてくれるのだ、と。

しかしバイウォルズ滞在中、ガウェインはアリスの行動を悉《ことごと》く、サポートしてくれている。彼にとって、どれほど突拍子もないことでも、全く意に介さない。

まるでアリスのすることに、間違いなどないと思っているかのようだ。

これが父親のマシューなら、アリスも同じようにしたかもしれない。彼女は父親を敬愛しており、彼が亡くなった今でさえ、その気持ちは少しも揺るがないから。

でもそれは、血の繋《つな》がりのある親子だからだ。アリスとガウェインとは事情が違う。彼がこれほどまで、彼女に忠誠を示してくれることへの答えにはならない。

「お待たせ」

ガウェインが麻袋を持って出てきた。ジタバタと動く袋を見れば、十数匹はネズミが入っていそうで、ぞわっと鳥肌が立つ。

「ありがとう」

きっと店主に変な顔をされたと思うが、ガウェインは露《つゆ》ほども気にしていないみたいだ。

「あの、ごめんなさいね？　おかしなことを頼んで」

「どうして謝るの？　必要なことなんだろう？」

ガウェインが不思議そうに言い、アリスはまごつく。

「それは、そうなんだけど、ガウェインがあんまり素直に、私の言うことを聞いてくれるから」

「え、聞かないほうがいいの？」

首をかしげられると、どう説明すればいいかわからない。のんびりしている場合ではないのに、アリスは尋ねずにはいられなかった。

「なぜガウェインは、そんなに私を信じてくれるの？」

「理由なんてないよ」

即答したガウェインは、ちょっと恥ずかしそうに顔を背《そむ》ける。

「初めて会ったときから、アリスは僕に新しい世界を見せてくれる。新鮮な視点に未知の体験、型破りな考え方……。君ほど僕を、ワクワクさせてくれる人はいないんだ」

アリスの胸に突如として、温かい何かが溢《あふ》れた。

とっさに声が出ず、ただ満たされるような感覚が、優しくアリスを包み込んでくれる。

これこそがガウェインの親愛なのだ。この先も必ずアリスを支持し、彼女の選択を後押ししてくれるだろう。いついかなる時も、彼は彼女の味方なのだ。

それはアリスにとって揺るぎない誇りであり、大きな自信にも繋がっていく。

嬉《うれ》しい。こんなに嬉しいことはないくらいだ。でも同時に、気持ちが引き締まるようでもあった。

ガウェインの信頼に足る、立派な人間であらねばと思うから。

「じゃあ私の片棒を、担《かつ》いでくれるかしら？」

アリスは館に向かって歩き出し、ガウェインが声を潜《ひそ》める。

「何をするつもり？」

「厨房《ちゅうぼう》にネズミを放すの。すぐ隣の食糧庫には猫もいるし、大騒ぎになるだろうから、隙《すき》を見てシチュー鍋に細工しようと思って」

「食べられなくするってこと？」

「ええ。小麦でも入れたらどうかと思ってるの。それなら料理がダメになっても、最悪飼料にはなるでしょうし」

ため息をついたアリスを見て、ガウェインが憂《うれ》いを帯びた声で尋ねる。

「そんなに危険な、植物なの？」

「下手をすれば、皆あの庭師のようになってしまうわ」

ガウェインは大きく目を見開くと、それ以上何も言わず、アリスと共に黙々とコルスト卿の館に向かうのだった。

＊

館に到着したふたりは、玄関ではなく勝手口に回った。厨房が近づくにつれ、夕食を準備中の活気ある声が漏れ聞こえてくる。窓に近づいたガウェインは、背の低いアリスの代わりに中の様子を説明してくれた。

「あとひと息でシチューは完成、ってところかな。皆バタバタして忙しそうだ」

「なんとか間に合ったみたいね。じゃあ合図をしてちょうだい」

アリスは麻袋の口を摑《つか》み、勝手口の傍《かたわ》らにしゃがんだ。ガウェインは厨房の中を確認しながら、さっと手を上げる。

その瞬間、アリスは勝手口を薄く開き、麻袋の口を突っ込んだ。

「わわっ」「なっ、ネズミよ!」「きゃあぁぁあぁ」

ガッチャン、ぐわんぐわん、にゃごにゃご。様々な音が鳴り響き、混乱に乗じて厨房に入ろうとしたところで、ガウェインに腕を引っ張られる。

「アリスが手を下す必要は、なくなったみたいだよ」

勝手口からそっと中を窺《うかが》うと、食器の破片が床に散らばり、シチュー鍋がひっくり返っていた。

猫とネズミの大捕物があり、はずみで鍋が倒れてしまったようだ。

「無事に、ディナーは阻止できたみたいね」

肩を落とすコックを見れば、申し訳なくて胸が痛むが、今回ばかりはどうしようもない。アリスは勝手口を閉め、静かに頭を下げた。

「玄関に戻って、大広間に行ってみましょう」

歩き出すアリスの手を、ガウェインが優しく握った。彼がこちらに微笑《ほほえ》みかけ、励まそうとしているのだと気づく。

「別に、落ち込んでないわよ」

「うん」

「やむを得なかったんだし」

「うん」

「これで皆が助かるんだもの」

「うん、そうだね。でも傷ついてしまうのがアリスだって、僕は知ってるよ」

ガウェインが柔らかに笑い、アリスはうつむいてしまう。なんでもお見通しだと言われているみたいで、どうにも決まりが悪い。

アリスはそっとガウェインの手を離すと、玄関の扉を開けて言った。

「楽しくバイウォルズを観光してきましたっていう顔、してちょうだいね」

「わかってる。アリスもドレスの汚れの言い訳、考えておいたほうがいいと思うよ」

ガウェインにしては、なかなかの切り返しだ。アリスは泥だらけのスカートを持ち上げ、「ええそうね」と嘆息するのだった。


「あら、ふたりともお帰りなさい。大変なときに、戻ってらっしゃいましたのね」

玄関ホールに入って、一番先に声を掛けてきたのはケイティだった。彼女の傍らにはトレイシーがいて、サイラスと偽《にせ》ブレア、コルスト卿は三人で何事か話し合っている。

「何かあったの？」

アリスがとぼけると、トレイシーが眉をひそめる。

「厨房に大量のネズミが出ましたの。猫が走り回って、そりゃあもう大混乱ですわ。料理も台無しになってしまって」

「まぁ、それは残念ね……」

「アリスのドレスも、相当残念なことになっているようですけれど」

トレイシーが遠慮がちに言うと、ケイティも派手に同意する。

「本当ですわね！　全く何をしたら、そんなにドレスを汚せますの？　理解に苦しみますわ」

あんなことがあったのに、ふたりの間にはもう蟠《わだかま》りはないようだ。ケイティの心が、いかに広いかがよくわかる。

「ちょっと、そう、転んでしまったのよ」

アリスが笑って誤魔化すと、ケイティが母親のような顔をして言った。

「早く着替えてらっしゃいませ。汚れが落ちませんことよ」

「ええ、わかっているわ」

せっかく王妃様にいただいた大切なドレス、念入りに洗ってもらわなければ。目の前のことに気を取られると、すっかり周りが見えなくなる。本当に悪い癖だ。

「それにしても、わたくしたちの夕食はどうなるのかしら？　そろそろお腹《なか》が空きましてよ」

ケイティのぼやきを聞いて、アリスはふと思い立つ。

「だったら皆でパブに行かない？　これから料理を用意するのは、コックも大変でしょう？」

「嫌ですわ」

即拒否したケイティは、眉根を寄せて続ける。

「どうしてわたくしが、庶民に交じって食事をしなければいけませんの？　どうせ料理も美味《おい》しくないのでしょう？」

トレイシーもケイティと同じ気持ちらしく、やんわりと拒絶する。

「私も賛成はできませんわ。パブには酔っ払った荒くれ者が、たくさんいると聞きますし」

「ふたりとも、偏見が過ぎるわ。ここのパブは素朴で雰囲気もいいし、建物もまだ新しいわよ。ずっと館にこもっていたら、グラストルにいるのと変わらないじゃないの」

アリスの提言が事実だったからだろう、ケイティは不承不承うなずいた。

「それはまぁ確かに、アリスの言う通りですわ」

「貴族用の席もあったみたいだし、想像しているより快適だと思うわよ」

ケイティは心を動かされつつあるのか、腕を組んで難しい顔をしている。数分考え込んでいたかと思うと、ついに心を決めて言った。

「わたくし、行きますわ。何事も経験ですもの」

「本気ですの？」

乗り気になったケイティを見て、トレイシーは明らかに狼狽《ろうばい》している。

「ええ。このままではバイウォルズまで来た意味がありませんし」

こういう思い切りの良さこそが、ケイティの魅力なのだろう。それゆえ安易にプロポーズを受けてしまったのだと思うと、常に良いほうに働くとは限らないのだけれど。

トレイシーはまだ迷っていたが、ケイティの決心が固いのを知って諦《あきら》めたようだった。

「……いいですわ。私も一緒に参ります」

「問題はアリスですわ。ドレスはそれ一着しかないのでしょう？　ひとりだけ、あの粗末な服では浮きますわよ」

「まぁそう、ね」

誰かに借りるにしても、アリスはかなり小柄だ。サイズが違えば不格好になるのは間違いない。

「いいことを考えましたわ！」

ケイティが突然身を乗り出し、両手を合わせて提案する。

「わたくしたちが、アリスに合わせればいいのです」

「え？　それ、は、どういう」

トレイシーがオロオロしていると、ケイティが茶目っ気たっぷりに笑った。

「わたくしたちが村娘の格好をするのですわ。パブを満喫するなら、相応《ふさわ》しい衣装というものがありますもの」

「なんの話をしてるんだい？」

思いも寄らぬ方向に話が進む中、サイラスが会話に参加してきた。ケイティは彼の腕を掴み、勢い込んで提案する。

「今夜はパブで食事をすることにしましたの。アリスの話では、いいところだそうですわ」

「それなら、コルスト卿も勧めていたよ。貴族用の席もあるのだとか」

「らしいですわね。でもせっかくパブに行くんですもの、簡素な服を着て、庶民と共に時間を過ごしてみませんこと？」

享楽に飽き飽きしているせいか、サイラスはパッと顔を輝かせる。

「そりゃあいいね。たまには身分や階級を忘れて、民衆と語り合おう。なぁガウェイン？」

ガウェインはサイラスと違って、よく城下町を散策している。普段から生の声を聞いているだろうと思うが、穏やかにうなずく。

「僕も賛成です。きっと得られるものも、多いと思いますよ」

「よし、そうと決まれば支度をしよう。館で夕食より、かえって楽しくなってきたな」

サイラスは上機嫌で、コルスト卿に話を付けに向かったのだった。


メイドにドレスの洗濯を頼み、アリスはいつものチュニックに着替えた。豪華で素敵なドレスを否定するつもりはないけれど、やっぱりこれが一番楽だと思ってしまう。

アリスが部屋を出ようとすると、ガウェインがすぐ外に立っていた。膝上丈くらいのチュニックを着て、頭巾《ずきん》を被り脚絆《きゃはん》を付け、短靴《たんか》を履《は》いている。

目を大きく見開いたアリスは、すぐにクスクスと笑い出す。

「いいじゃない。よく似合っているわよ」

「良かった。こういう格好は初めてだから」

ガウェインがホッとした様子で頭巾を脱ぐ。

「その、少し話したいんだけど、いいかな？」

「もちろんよ」

アリスは扉を大きく開け、ガウェインを中に入れた。彼は後ろ手でしっかり扉を閉めてから、言いにくそうに口を開く。

「ねぇアリス。パブに行くのはいいけど、あそこじゃ例の植物をドリンクに入れて、提供しているんだろう？　料理は大丈夫なのかな？」

「多分。客から希望があればって、言っていたもの。念のため使わないようにお願いはするけど」

「勝手に入れないってことは、危険性を感じているってことだよね？」

ガウェインが不安そうに言うので、アリスは無言で手招きをした。近づいてきた彼が軽く屈《かが》んでくれたので、彼女は耳に口を近づけてささやく。

「植物の正体は、大麻よ。体内に入れれば、意識障害を引き起こすわ」

「……！」

「エマのお父様が商人だと言っていたから、そのツテを使って海外から取り寄せたんでしょうね。私たちを襲った庭師も、そのせいで幻覚や妄想に悩まされていたんだと思うわ」

「庭師は大麻中毒者だったってこと？」

「そこまではわからないわ。でもあの男が大麻栽培を担っていたのだとしたら、否応《いやおう》なくそうなるでしょうね。有害成分は花穂《かすい》に一番多く含まれていて、空中に浮遊しているから」

ガウェインは明らかにショックを受け、何度も目を瞬かせる。

「そんな危ない植物を、どうしてコルスト卿は」

「大麻の精神毒性について、ちゃんとした知識がなかったんでしょう。いろんな用途に幅広く利用できるのは事実だし、多少の違和感があっても、目をつぶったんだと思うわ」

「バイウォルズを盛り上げるために？　とても許されることではないよ」

憤慨するガウェインに、アリスも同意する。

「えぇそうね。しかも私たちの食事に入れようとしたわ」

「なぜそんなことを」

「リラックスできるとか言って、常用する人がいるのよ。単に意欲や運動機能が低下して、寝たきりに近い状態になってるだけなのに。しかも依存性があるから、使ったら最後、なくてはならない身体《からだ》になってしまうわ」

「じゃあ頻繁《ひんぱん》にバイウォルズへ来て、大麻を求めるようになるだろうね。地域活性化に、また一役買うわけだ」

ガウェインが珍しく皮肉を言った。コルスト卿の卑劣な行為に憤《いきどお》っているのだろう。

「空気中の成分を吸うより、経口摂取のほうがなお悪いってことも、知らないんでしょうね。消化してから体内に吸収されるから、異変に気づく頃には取り返しがつかなくなっているのに」

自分で言って背筋が寒くなる。一旦《いったん》口に入れてしまえば、もう戻せない。普通の料理と変わらない感覚で食べれば、とんでもない量の大麻を摂《と》ってしまうことになるのだ。

「さすがアリスは詳しいね」

「お父様が一度、種を取り寄せたことがあるもの」

ガウェインはギョッとするが、アリスは冷静に付け加える。

「養蜂《ようほう》に利用するためよ。花粉が多くて、花の少ない時期に咲く種類を探していて、偶然ね。そういう時期はミツバチも食糧確保に苦労して、ストレスを溜めてしまうから」

「でも、花には有害成分があるって」

「だから植えなかったのよ。調べれば調べるほど、すごく危険な植物だとわかってね。ミツバチへの影響も心配だったし、採取したハチミツにもその成分が混ざるかもしれないでしょう」

アリスの言葉を聞いて、ガウェインは安堵《あんど》の笑みを浮かべた。

どんなに都合良く、便利に活用できるものだとしても、手を出してはいけないものもある。大麻もそういうもののひとつだ。

布も油も火薬も、アリスたちの生活を豊かにしてくれる。

その一方で誰かが心身を壊し、使い方次第で人々を苦しめるなら、他の道を探すべきだ。コルスト卿のやり方は、不幸を連鎖させ拡大させてしまう。

「さぁ、そろそろ玄関ホールに行きましょう」

アリスが明るく声を掛けると、ガウェインはにっこり笑って言った。

「そうだね。皆がどんな感じになっているか、楽しみだよ」

ふたりが廊下に出ると、螺旋《らせん》階段の前で四人が歓談している。ご令嬢たちは村娘の格好をし、サイラスは農夫に扮《ふん》していた。

「あら、とっても素敵よ」

アリスが声を掛けると、ケイティは自分から言い出したわりに不満そうだ。

「なんだか、胸元がスースーしますわ。アリスはよく平気ですわね」

「私も、落ち着きませんわ……」

トレイシーもうなだれるが、偽ブレアは平然としている。むしろそれが普通であるかのように、堂に入った姿だ。

「僕はどうだい？」

サイラスが満面の笑顔で尋ね、アリスは返答に窮する。

あまりにも、王子そのものだったからだ。

どんなにボロを纏《まと》っても、滲《にじ》み出るオーラが隠せないのは、ある意味すごい。

サイラスに比べると、ガウェインは農夫の格好も馴染《なじ》んでいる。隣で農作業をしても、違和感がないくらいだ。

「兄上の威厳を前にすると、衣装が霞《かす》みますね」

ガウェインが丁寧に言葉を選び、サイラスは首をかしげる。

「それは、褒めているのか？」

「ええまぁ」

「だったらいいんだ。ふたりもお似合いだよ。並んで立っていると、まるで夫婦みたいだ」

サイラスは嬉しそうな顔で、ガウェインの肩を叩く。冗談だとわかっているのに、アリスの鼓動《こどう》は速くなり、恥ずかしくて顔が上げられない。

「おやおや、アリス嬢も満更《まんざら》でもないのかな？」

サイラスに顔を覗《のぞ》き込まれ、アリスは激しく両手を振った。

「う、あ、そ、そんなこと」

「慌《あわ》てちゃって、らしくないな。やっと弟の魅力に気づいてくれたのかい？」

「やっとって、ガウェインが魅力的なのは、昔からでしょう？」

アリスは当たり前のことを言ったつもりだったが、ふたりの王子は驚いて顔を見合わせた。ガウェインは真っ赤になり、サイラスは笑い出す。

「どうしてこう、かみ合わないんだろうな？」

「なんのこと？」

「いや、いいんだ。そろそろパブへ出発しよう」

笑いながら言ったサイラスは、ひとり先に階段を下りたのだった。

＊

パブの扉を開けると、明るい喧噪《けんそう》に迎えられた。

あっちのテーブルで男女が語り合っていたかと思うと、こっちのテーブルではサイコロを使って賭博《とばく》ゲームをしている。まるで村中の人々が、集まってきたみたいだ。

皆一日の疲れを癒《い》やすように杯を仰ぎ、豚の煮込みやブラッドソーセージ、オートミールを味わっている。

「あれはなんの肉ですの？」

ケイティにこそっと尋ねられ、アリスが答える。

「豚よ。庶民はジビエなんて、ほとんど食べないもの」

「豚ってあの、地面を掘り返してばかりいる？　……美味しいのかしら」

半信半疑のケイティに、ビクビクしたトレイシーが身を寄せている。こういう場には慣れていないから、独特の空気に呑《の》まれているのだろう。

「とりあえず座りマショウ。入り口に立っていると迷惑デスよ」

粗末なテーブル席に着いた偽ブレアは、パブにすっかり溶け込んでいる。やはり彼女は貴族ではないのだろう。

「私はマスターに挨拶《あいさつ》してくるわ。皆は座っていてちょうだい」

アリスがカウンターに向かうと、マスターは首をかしげている。

「いらっしゃいませ。昼間いらしてくださった方、ですよね？」

きっとアリスが、貴族らしからぬ格好をしているからだろう。彼女は声を潜め、重大な事実を打ち明けるように言った。

「今夜はお忍びなのよ。王子は普段のパブの様子をお知りになりたいの。こちらで人気の料理を、幾つかお願いできるかしら」

「はい、畏《かしこ》まりました」

「わかっていると思うけど、滅多《めった》なものは出さないでちょうだいね。今夜はアルコールもなし。王子の体調に何かあれば、打ち首も覚悟しなきゃいけないわよ」

アリスが釘を刺すと、マスターは震え上がる。これだけ脅《おど》かしておけば、こっそり大麻を入れるなんて、バカな真似はしないだろう。

ひとまずホッとして席に戻ると、テーブルの上にはビールやリンゴ酒の入ったジャグが並び、カップを持ったサイラスたちが赤い顔をしている。

「やだ、なんでお酒を飲んでるの？」

「アリス嬢も飲むといい。たまにはビールもいいものだな」

サイラスの機嫌は上々で、ケイティやトレイシーも明らかに酔って、真っ赤な顔をしている。普段通りなのは、ガウェインと偽ブレアだけだ。

「ガウェイン！　どうして止めないのよ」

「ウェイトレスが、勝手に置いていったんだよ。ここに来た人は皆注文するからって」

ガウェインは申し訳なさそうな様子で、アリスにだけ耳打ちする。

「僕は飲んでないよ。あと、大麻は入ってない。それだけはちゃんと確認したから」

アリスはため息をついて椅子《いす》に腰掛け、カップの中を覗き込む。

「看板メニューとか言ってたのに、例のドリンクはないのね」

「あれは観光客用ってことなんじゃないかな。ちょっと特殊な味だったし」

「地元の名物なんて、案外そんなものかもしれないわね。私だって毎日ハチミツを食べているわけじゃないもの」

「お待たせしました」

ウェイトレスが料理を運んできた。カブや大根などの根菜類と、少量の豚肉を入れてハーブで味付けしたポタージュ、ライ麦のパン、それからニシンの塩漬けもある。

「まぁ茶色いパンですこと」

ケイティはおっかなびっくりパンを持ち上げて言った。

「これはこれでいけるわよ。ポタージュに浸して食べるといいわ」

アリスが先にやってみせると、ケイティやトレイシーもそれに倣《なら》う。

「あら意外と」

「ええ。あまり見ない野菜が入って、美味しいですわ」

ふたりの食の進み具合を見れば、本心からの言葉だとわかる。土中にある植物は卑《いや》しい食べ物とされて、普段貴族の食卓に並ぶことはないから、物珍しいのだろう。

「全くだね、豚の肉も悪くないよ。いつも鹿か猪《いのしし》、あとはウズラとか、同じような肉のローストばかりだから」

サイラスもご満悦で、皆食事に熱中している。仕来りもマナーも関係ない、会話の弾む自由な夕食は、貴族にこそ価値を感じられるものだ。

グラストルは人口が多く、パブも粗野でどこか殺伐《さつばつ》としているけれど、ここはゆったりとして素朴だ。人々がのんびりと穏やかだから、この居心地の良い空間ができあがっているのだろう。

「庶民体験も悪くありませんわね。旅先だからこその、楽しみがありますわ」

「お父様やお母様が知ったら、卒倒しそうですけれど」

トレイシーがふふふと笑うと、ケイティは勢いよくウインナーを齧《かじ》って言った。

「あら、そうかしら？　来てみたら思いのほか、馴染めるんじゃないかと思いますわよ」

「ブレア嬢はいかがです？」

サイラスに尋ねられ、偽ブレアは軽く周囲を見渡して言った。

「ベルプトンは豊かな国だと、改めて思いマス。庶民であっても、これだけ栄養価の高い食事を取れるのデスから」

偽ブレアはカップを取り、寂しそうに続ける。

「オンスラールでは薄いビールか水っぽいワイン、それにキビとソバのあつものと、乾燥エンドウがあればいいほうデス。もう働けない年老いた乳牛が、年に一度のご馳走《ちそう》デスから」

「ブレア嬢は庶民の食生活事情に、通じてらっしゃるんですね」

サイラスが驚いたように言い、偽ブレアは喋《しゃべ》りすぎたと思ったらしい。誤魔化すような微笑みを浮かべた。

「救済活動をしていマスと、自然に貧者の事情にも詳しくなるのデスよ」

「いえいえ、情熱を持って取り組まれているからこそですよ。素晴らしいと思います」

その後もサイラスは、偽ブレアを褒めそやすが、彼女の心に響いたようには見えなかった。普通のご令嬢なら、一発で彼に口説き落とされてしまうだろうに。

＊

パブから戻ったあとは、皆すぐにそれぞれの部屋に戻って行った。酔っていたこともあり、早く休みたかったのだろう。

「ガウェイン、ちょっといいかしら？」

「もちろん。僕の部屋にお茶を用意してもらおう」

アリスもだが、ガウェインもアルコールを摂取していないから元気そうだ。メイドが運んできてくれたお茶を飲みながら、静かに話し始める。

「今晩また、付き合ってほしいの。大麻栽培の現場を押さえたいのよ」

「見当はついているの？」

アリスは頭を後ろにそらし、天井を見上げて言った。

「この上、だと思うわ」

「屋根裏ってこと？」

「えぇ。私の部屋だけ、不自然に狭いのが気になっていたの。廊下の突き当たりも、一階は窓だけれど、二階は壁でしょう？　裏に階段があるんじゃないかと思って」

全て想像でしかないが、可能性はあると思っている。ガウェインはすぐには信じられない様子で、目をパチパチとさせた。

「隠し扉でも、あるのかい？」

「多分物置にね。あそこには外に向けた窓があるでしょう？　廊下よりも奥行きがあるのよ」

「言われてみれば……。よく気づいたね」

ガウェインが感心するが、本当ならもっと早くわかっていても良かったのだ。

「初めて物置に入ったとき、特有の匂いがしたでしょう？」

「あぁ、なんだか青臭いような」

「きっとあれが、大麻草の匂いだったのよ。どうしても隠し扉から漏《も》れ出てしまうから、私たちを物置に入れたがらなかったんだわ」

「もしかして立派なローズガーデンも、花を生けた花瓶《かびん》も、大麻の臭気を誤魔化すため？」

ガウェインがハッとして、アリスはうなずく。

バイウォルズに来てからずっと、花の匂いがキツすぎると思っていた。あれは歓迎などではなく、大麻栽培の事実を隠すためだったのだ。

「考えてみれば、大量の水瓶《みずがめ》もそうか。花瓶の水替えだけじゃなく、水やりの必要もあるから」

「卵料理が多かったのもね」

アリスが付け加えると、ガウェインは驚く。

「え、そうなの？」

「卵殻石灰《らんかくせっかい》は、土壌をアルカリ性に保つの。カルシウムも豊富だから、葉の成長を促進するわ。まぁ大麻に限ったことではないんだけど」

様々な事実を頭の中で整理するためか、ガウェインは静かにお茶を飲んだ。ゆっくりと目を閉じ、再び開く。

「ヒントは意外と、与えられていたわけだね」

「ええ、でも気がつかなかった。悔しいわ」

「今わかっただけでも、十分すごいと思うけど」

アリスは軽く首を左右に振り、両肘《ひじ》を突いて手を組んだ。

「私は最初とその次の晩に、赤ちゃんが突然泣き止むのを聞いていたの。あれは夜泣きに困ったエマが、ルナちゃんを大麻畑に連れて行っていたのよ」

「ちょっと待って、僕は泣き声なんて聞いてないよ？」

「多分、移動中はルナちゃんの口に、おっぱいをふくませていたんでしょうね。私の部屋の真上にある大麻畑に到着してから、おっぱいを離したんだと思うわ」

「主寝室からは結構な距離があるのに、どうしてそんなことを……？」

ガウェインが困惑しているのは、赤ちゃんと大麻が結びつかないからだろう。アリスは誤解を生まないよう慎重に答えた。

「ルナちゃんを落ち着かせるため、でしょうね。麻酔《あさよ》いと言って、大麻には中枢《ちゆうすう》神経を抑制する作用があるから」

「でも危険な成分だって」

「そうよ。幼い子どもには、特に影響が大きいわ」

青ざめたガウェインを見て、アリスはエマを庇《かば》った。

「それだけルナちゃんの夜泣きに、苦しめられていたんでしょう。コルスト卿と同様、大麻の危険性もよくわかっていないのよ」

「だとしても、早くやめさせないと」

「もちろんそのつもりよ。まぁ昨日は二階に上がって来た様子はなかったし、今日も来ないとは思うけど」

ガウェインは昨晩のことを思い出したようで、軽く首をかしげた。

「僕たちが物置に出入りしていると、知ったからかな？」

「多分ね。コルスト卿が警戒して、エマを止めたんだと思うわ。ルナちゃんのためにも、一刻も早く大麻を処分してもらいましょう」

「そうだね。僕で良ければ、なんでも手伝うよ」

ガウェインが真剣な顔で、アリスを見つめている。どんなときでも、彼が迷いなく手を差し伸べてくれることが、彼女にはたまらなく心強く感じられるのだった。

*

皆が寝静まった深夜。アリスとガウェインは、こっそり物置に忍び込んだ。この時間だと、窓から差し込む月の光で思いのほか明るい。持ってきたランプも必要ないほどだ。

アリスは窓際に近づくと、右側の壁をコンコンと叩いた。

「この裏に階段があると思うの」

「パッと見ただけでは、全然わからないね」

ガウェインが凹凸《おうとつ》のある煉瓦《れんが》壁の表面に触れ、アリスはランプを床に置いた。

「こういうのは、大抵どこかに仕掛けがあるのよ」

アリスがとっかかりを探し始めると、ガウェインも彼女に倣って、丹念に壁を調べ始める。しばらくふたりで試行錯誤していると、彼が驚きの声を上げた。

「この部分、動くよ」

ガウェインが煉瓦の一部を押し込むと、壁が横にスライドした。ムワッとした大麻草の匂いと共に、上へ向かう階段が現れ、アリスは思わず息を呑んだ。

「すごい、本当にあった」

ガウェインは感動すらしているようだが、ここからが本番だ。アリスは気を奮《ふる》い立たせ、ランプを持ち上げる。

「さぁ、行きましょう」

狭く薄暗い階段を上がりきると、そこはまさしく大麻畑だった。

細い通路の両側に一区画ずつ木枠が作られ、びっしりと土が入っている。しっかりと日光が届くよう、天窓が幾つも作られているからか、生育状況も非常に良いようだ。

むせかえるような匂いの中に立っていると、次第に頭がクラクラしてくる。こんな場所にずっといて、大麻の世話をしていたなら、庭師が精神に異常を来してもおかしくはない。

「こんなところで、育てていたのデスね」

聞き覚えのある声がして、ふたりは反射的に振り返った。

偽ブレアが、立っている。白いネグリジェのような修道服を着て、月明かりを浴び、まるで天からの使者のようだ。心ならずも神々《こうごう》しささえ感じてしまう。

「どうしてここに」

「アリスたちが、何か探っているのは知っていマシタ。もしかしたら、ワタシが探しているモノと同じかと思い、跡をつけたのデスよ」

偽ブレアは大麻畑を見ても、驚いている様子はなかった。最初からあると知って、バイウォルズに来たのだろう。大麻こそが、彼女の目的だったのだ。

「あなたは、誰なの？」

アリスは眼光鋭く問いただすが、偽ブレアは悠然と微笑む。

「これは驚きマシタ。ご存じだったのデスね」

偽ブレアはゆっくりと深呼吸し、胸に手を当てて礼儀正しく言った。

「ワタシの本当の名前は、イーディス・グラハム。オンスラールの宗教団体、カナス教の巫女《みこ》をしていマス」

貴族ではないと思っていた。しかし巫女、とは――。

「本物のブレア様に、会ったのデスカ？」

「偶然、山手の洞窟《どうくつ》で見かけたんだよ。彼女の世話をしていたのは、君の同胞かい？」

ガウェインが尋ねると、イーディスは素直にうなずく。もう何も隠すつもりはないのか、自分からペラペラと話し始めた。

「ワタシたちは、バイウォルズの調査に来マシタ。疑念を抱かれないために、ブレア様の侯爵令嬢という身分をお借りしたのデス。ワタシはこちらの言葉も話せマスし、ブレア様と背格好も似ていマシタので」

「調査ってなんの」

「もちろん信者を増やすための、デス。こちらには、信仰の土壌がありそうデシタから」

「土壌って、これのこと？」

アリスが畑を指さすと、イーディスは大麻に歩み寄って葉を撫《な》でた。

その穏やかな眼差《まなざ》しは、人形たちの頭を撫でていたときと同じ。イーディスにとって、大麻も大麻により作られた布も、身近な存在なのだろう。

「はい。カナス教は、神から与えられし奇跡の草として、大麻を崇拝しているのデス」

……常軌を、逸している。

大麻を商業利用するコルスト卿もコルスト卿だが、崇拝するとはさらに度しがたい。アリスは頭の中を整理できず、混乱したままつぶやいた。

「大麻は人間に害を及ぼす、危険な植物なのよ？」

イーディスはポケットから麻袋を取り出し、中身を手のひらにサラサラと載せた。

「これが何か、わかりマスか？」

緑色の粉。植物の葉を乾燥させて、すり潰《つぶ》したものだ。

「まさ、か」

「察しの通り、大麻草の粉末デス。病人のいる部屋を閉めきり、香炉《こうろ》で葉を焚《た》けば、もがき苦しむ人も鎮静作用で落ち着くのデスよ」

イーディスは葉を麻袋に戻しながら、大胆不敵《だいたん》に続ける。

「ワタシたち巫女は、これで奇跡を起こすのデス」

「そんなもの、まやかしだわ！　かりそめの効果しかないのに」

アリスは意図せず声を荒らげていた。イーディスは巫女だと自称しながら、神をも畏《おそ》れぬ所業を行っているのだ。

「まやかしでもいいのデス。ワタシたちは奇跡を演出し、神の存在を証明しているだけデスから」

イーディスは涼しい顔をしており、アリスはだんだん頭が痛くなってくる。

「それがどれほど危険か、わかっているの？　常習すれば、幻覚や陶酔作用を引き起こして、最悪死に至るのよ」

「わかっていマスよ。実際に亡くなった人も、たくさん目にしてきマシタから」

「だったらどうして」

「ワタシたちが守るべきは、ひとりひとりの命ではなく、秩序だからデス。人々がこの奇跡を信じ、共有することで、仲間意識が生まれマス。同じ信念を持つ人たちと繋がることで、自己のアイデンティティを確立することができるのデスよ」

「それが、大麻に対する正しい理解よりも、大事だって言うの？」

イーディスは少しも怯《ひる》まず、淡々と答える。

「アリスには不合理だと、感じられるかもしれマセン。しかし孤独や不安が、人を殺すことがあるのデス。自己を肯定し合える、互助システムは必要デスよ」

「あなたの言う仲間は、同時に排他的な意識も生むわ。信者でなければ、排斥《はいせき》の対象になるのではないの？」

「ワタシたちは来る者を拒まず、去る者を追いマセン。教義を強要するつもりはないのデス」

「でもあなたは、バイウォルズに来たわ」

アリスに睨《にら》まれても、イーディスは首をかしげるだけだ。

「布教活動さえも、許されないのデスカ？」

「私は信仰そのものを、否定しているわけではないわ。でもカナス教は、間違った知識で人心を惑わしている。世間を乱す邪教を広めるのは、見過ごせないでしょう？」

「間違っているかどうかは、アリスではなく、信者が決めることデス。ワタシたちは死を恐れマセン。信仰を持って死す者は、神と共に永遠の時を過ごす、と考えられているからデス」

「神とは、抽象的なものよ。人間の頭の中にある、概念でしかないわ」

巫女であるイーディスには、承諾できない真実かもしれない。しかし彼女は、眉ひとつ動かさずに「その通りデス」と言った。

「だとしても、人は弱いのデスよ。理由のない苦痛には耐えられマセン。だから神を、世界の全てを把握《はあく》する者を欲するのデス」

冷静な答えは、神の加護を願う人間の言葉ではない。

イーディスは神託を告げる、聖なる存在であるはずなのに。

「まさかあなた、神を信じていないの？」

アリスの声は震えていた。もしそれが事実なら、イーディスは大いなる矛盾《むじゅん》を抱えて、生きていることになる。

「この世は、偶然の積み重ねデスから。確かなものなんて、存在しマセン」

イーディスは平然と言ってのけ、アリスは愕然《がくぜん》とする。

聡明なイーディスはわかっているのだ。神などいない、と。

「それでよく、巫女を続けていられるわね……」

「貧民を救済するということに、なんの違いもアリマセンよ。ワタシたちが奇跡を起こし、たくさんの寄付を集められれば、より多くの人々を援助できマス」

「そのためなら、少数の犠牲は構わないとでも？」

「犠牲ではアリマセン。信者にとっては、神の存在自体が救いなのデス。大麻が見せる幻覚すら、絶対的な現実となって、受け入れられるのデスから」

「あなたの言う救済は、ただの欺瞞《ぎまん》よ！」

イーディスの妄言に耐えられず、アリスは叫んでいた。

「弱者を食い物にした、偽善者じゃないの」

「偽善でも、ワタシは生き延びることができマシタ。カナス教の配給のおかげデス」

アリスは言葉に詰まった。イーディスはそれを見て、さらに続ける。

「寄進する側にも、様々な思惑がありマス。治安維持への期待もあれば、貧者たちの祈りを通じて魂《たましい》の救済を願うこともあるデショウ。動機が不純でも、救われる命はあるのデス」

「……一時的な支援は、その場しのぎになるだけだわ。貧困を生み出す、構造的な問題に取り組んでいかないと」

「皆が皆、アリスのように強くはないのデスよ」

イーディスがアリスの言葉を遮《さえぎ》った。勝ち誇るでも、言い負かすでもない。幼い子どもに、言ってきかせるような調子だった。

「私は別に、強くはないわ。勇気を振り絞って、立ち向かってきたのよ」

自分の正しさが揺らいで、声が弱々しくなっていくの感じる。イーディスはガウェインをちらっと見てから、おもむろに口を開いた。

「ほとんどの人は、その勇気すら、持ち合わせていマセン。それにアリスは、ひとりではなかったのデショウ？」

アリスはもう答えることができなかった。イーディスの言う通りだったからだ。

マシューやノーマがいたから、頑張ることができた。コーヘッドの人々にも、もちろんガウェインにも随分《ずいぶん》と助けてもらった。

もしひとりだったら、アリスに何ができただろう？

イーディスにはイーディスの事情がある。アリスはただ正義を振りかざし、理想論を語っているだけなのかもしれない——。

「アリスがひとりじゃなかったのは、諦めなかったからだよ」

ガウェインの声が凜《りん》と強く、響いた。

「何もかも、見切りを付けてしまった人間に、手を差し伸べる者はいない。誰も力を貸そうとは思わないよ。君は諦めることに、慣れてしまっているだけだ」

あの温和なガウェインが、静かに怒っていた。

口調は穏やかだけれど、アリスにはわかる。

ガウェインはアリスのために、怒ってくれているのだ。

知らぬ間に涙が溢れており、アリスは驚いて頰《ほお》を拭《ぬぐ》った。泣いてしまうほど、イーディスの言葉に傷ついていた。そのことに戸惑う。

ガウェインは温かい眼差《まなざ》しで、アリスを見つめながら言った。

「アリスは、何もかも抱え込みすぎてる。ひとりじゃないんだから、もっと頼ればいいんだ。僕はアリスを助けるために、側《そば》にいるんだよ」

涙は止めようとしても、止まらなかった。彼に庇われることも、こんな風に泣くことも、普段なら良しとしない。でも今は、彼の優しさが胸に染み渡る。

アリスのやってきたことが間違っていないと、言ってもらえたような気がしたから。

「諦めることの、何がいけないのデスカ？」

ずっと落ち着き払い、感情を露《あらわ》にしなかったイーディスが、こちらを睨んでいた。怒りに身体を震わせる様子は、まるで別人のように彼女らしくない。

「改革や挑戦が、いついかなる時でも正しいと、言えるのデスカ？　それは命を賭《と》してまで、やることなのデスカ？」

イーディスはなんの話をしているのだろう。アリスにも、むろんガウェインにもわからず、ふたりは黙っているしかない。

「……ワタシには、ローダという名の姉がいマシタ。両親を早くに亡くしたワタシたちは、ずっとカナス教の修道院でお世話になっていたのデス」

「だから、巫女になったの？」

アリスの問いに、イーディスは目を伏せる。

「ワタシは、そうデス。でもローダは違いマシタ。なるべくしてなった、と言うべきデショウ。彼女はカナス教に、全てを捧げていマシタから」

イーディスは顔を上げ、アリスをじっと見て続ける。

「ローダには人を惹《ひ》きつける、特別なカリスマがありマシタ。対話によって相手の心を掴み、すぐに信頼を築くことができたのデス。人と親しくなることに二の足を踏む、ワタシとは全然違っていマシタ」

そう、だろうか？

イーディスは気づいていないようだが、アリスは彼女からも、ある種のカリスマ性を感じてきた。妹を霞《かす》ませるほどの輝きが、姉にはあったということだろうか。

「ローダはいつもカナス教の現状を憂《うれ》いていマシタ。彼女はずっと先を見ていたのデス。……アリスのように」

さっきイーディスはアリスを否定したけれど、本当はわかっていたのかもしれない。最終的に人を殺《あや》めるかもしれない奇跡が、いつまでも続けられるわけはない、と。

「大麻依存からの脱却を目指し、ローダは寝る間も惜しんで、全く別の新しい奇跡を探していマシタ。幾つか試したこともありマスが、期待ほどの効果は上げられず、結局は大麻草に戻してくれと言われるダケ」

目に見えてわかりやすい、即効性を求めるなら、大麻草に代わるものを見つけるのは難しいだろう。危険性が認識されていないなら尚更《なおさら》だ。

「ワタシは何度も止めマシタ。誰も現状に不満を持っていないのだから、維持するだけで十分ダと。カナス教よりも、信者よりも、ローダにはもっと自分を大事にして欲しかったのデス」

イーディスは言葉を切り、悔しそうに拳《こぶし》を握りしめる。

「しかしローダは、止まりませんデシタ。彼女はいち巫女でありながら、広場で説教活動をするまでになったのデスよ」

「若い女性の言葉に、人々は耳を傾けたの？」

「ローダはユーモアのある人デシタから。健康不安のある老い先短い男巫《おとこみこ》の言うことと、自らの発言とを比べるのは無粋《ぶすい》だと言ったのデスよ」

ローダのカリスマとは、確かに凄《すさ》まじいものだったのだろう。高齢の重鎮を前にして、なかなか言えることではない。

「その結果、老若男女《ろうにゃくなんにょ》たくさんの人々がローダを支持し、多くの貴族が修道院に財を寄進してくれマシタ。問題意識を持っていた人々も、少なからずいたのデス」

雄弁だったイーディスが、ふいに身体を強《こわ》ばらせた。突然泣き崩れ、顔を両手で覆《おお》う。

「でも死んでしまったら、何もなりマセン！　違いマスカ？」

嗚咽《おえつ》を漏らすイーディスを見ていると、なぜさっき彼女があれほどアリスを否定し、ガウェインに怒ったかわかる。

イーディスは悔やんでいるのだ。ローダに加勢しなかったことを。

ローダを助けなかった自分、見捨てた自分、一番自分を責めているのはイーディスだ。彼女が最も傷つき、後悔している。

「ローダの活動は、もう終わってしまったの？」

「求心力を失えば、活動が瓦解《がかい》するのは道理デス。何もかも、元の木阿弥《もくあみ》デスよ」

「でも下地はあるわけでしょう？　あなたにやる気があれば、ローダの遺志を引き継ぐことはできるんじゃない？」

アリスの提案は、イーディスには予想外だったようだ。

泣くのも忘れ、呆気《あっけ》にとられている。

「今更そんな」

「何かを始めるのに、遅すぎるなんてことはないわよ。病人を鎮静化するハーブなら、ペパーミントをベースに、幾つかブレンドを試してみてもいいわ」

「それはいいね。いいものができれば、ベルプトンからオンスラールに、友好の印として定期的に贈ろう」

ガウェインも賛成してくれ、イーディスは目をパチパチさせている。

「待って、クダサイ。ワタシは活動の再開など、望んで、イマセン」

「あなたが望まなくても、私が手伝いたいのよ。別に構わないでしょう？」

イーディスは困惑し、ひどく顔をしかめた。

「さっきも言ったはずデス。ワタシは現状が維持できればソレで」

「じゃあどうして、泣いたの？　償《つぐな》いたいからじゃないの？」

アリスはイーディスに手を差し出したが、彼女はその手を取ろうとはしなかった。こちらをただ見上げているだけだ。

「ローダは、死んだのデスよ。何をもってしても、贖《あがな》うことなどデキマセン」

「死者から赦《ゆる》しを得られるとは、私も思っていないわ。でも正しい行いを続けることで、あなた自身が自分を許せるようにはなるでしょう？」

イーディスはビクッと身体を震わせ、また泣き出しそうな顔で言った。

「そんな資格がありマスか？　このワタシに？」

「あなたはまだ、生きているもの。これからいくらでも生き方は変えられるわ」

それはアリスの実感でもあった。悲しみに打ちひしがれているだけでは、時は止まったまま。未来を切り開くには、立ち向かっていくしかない。

イーディスは黙って考え込んでいた。さっきまでの彼女なら、すぐさま綺麗事《きれいごと》だと断じたはずだが、気持ちが揺らいでいるのだろう。

もしかしたらずっと、誰かに背中を押してもらいたかったのかもしれない。

「祖国に、帰りマス」

肩の力が抜けた、ごく普通の言い方だった。イーディスは何事もなかったかのように立ち上がり、修道服についた埃《ほこり》をパンパンと払う。

「バイウォルズでの布教は、諦めてくれるってことかしら？」

イーディスはその問いには、答えなかった。代わりに泣きはらした目を懐かしそうに細め、以前アリスが言った台詞《せりふ》を繰り返す。

「何もしないうちから、無理だと決めつけナイで……ローダもよく、言っていマシタ。どうして今まで、忘れていたのデショウね」

別れを告げず、一度も振り返らず、イーディスは階段を下りていく。きっと夜に紛《まぎ》れて、バイウォルズを去るつもりなのだろう。

アリスには、イーディスを問いただすことも、引き留めることもできなかった。ただこの先、彼女を待ち受ける人生が、光に満ちたものであるようにと願うだけだった。

Episode 6

第六章
バイウォルズの未来

「これで、良かったのかしら」

イーディスが去った屋根裏部屋で、アリスは誰に言うともなくつぶやいた。

「今後は彼女次第だよ。もし助けを求めてくるなら、僕たちのできる範囲で手を貸そう」

ガウェインの僕たちという言葉が、アリスにはいつも以上に優しく響いた。彼を頼っていいのだと思うと、自然と顔がほころび、心地よい感覚に抱かれる。

「そうね。私たちにはまだ、大麻栽培を止《や》めさせるという仕事があるし」

「あぁ、コルスト卿の元に急ごう」

ガウェインが顔を引き締め、アリスは大麻の葉を一枚引きちぎった。ふたりで一階にある主寝室に向かう。

コンコンコン。

ノックをしても返事はなかった。しかし人が動く気配はする。

「誰だ？」

警戒心を露《あらわ》にした、コルスト卿の声が聞こえた。

「ガウェインです。夜分遅くに、申し訳ありません。どうしても、お話ししたいことがありまして」

相手が王子だとわかったからか、話の途中で扉が開いた。すぐそこに、ランプを持ったコルスト卿が立っている。

「何事ですか？」

「ここではなんですので、お部屋に入れてもらえますか？」

「え、えぇ、構いませんが」

本当は構うのかもしれないが、王子相手に断ることはできなかったのだろう。コルスト卿はふたりを招き入れ、テーブルにランプを置いた。

「どうぞ、そちらにお掛けください」

「ありがとうございます」

ふたりは礼を言い、並んで長椅子《いす》に座った。コルスト卿も正面に座り、欠伸《あくび》をかみ殺す。

「妻と娘が寝ていますので、お静かにお願いしますね」

「もちろんです。お話はすぐ済みますから」

アリスは大麻の葉を取り出すと、コルスト卿に見せて続けた。

「今後大麻栽培から、手を引いていただきたいのです」

コルスト卿の眠気は一気に覚めたらしく、蒼白《そうはく》の顔が浮かび上がる。歯をガタガタさせながら、震える声でつぶやいた。

「それ、をどこで」

「一番よくご存じなのは、コルスト卿でしょう？」

アリスは狼狽《ろうばい》するコルスト卿から、一切視線を離さずに続けた。

「この館の屋根裏部屋から、持ってきたのです」

コルスト卿は必死になって、頭を巡らせているようだ。まだ何か、言い逃れる術《すべ》があると思っているのだろう。しかしついに、どう足掻《あが》いても無理だと悟ったらしい。

「……どうして、わかったのですか？」

力なく尋《たず》ねたコルスト卿に、アリスが答える。

「初めてこの館に来たときから、違和感はありました。あまりにも花の香りがキツすぎたんです。まるで何かの匂いをかき消そうとするみたいに」

コルスト卿はギョッとして、「そんな前から」とつぶやく。

「では、どちらにせよ、時間の問題だったのでしょうね」

大きく深いため息をついてから、コルスト卿は頭を下げた。

「申し訳ありません。大麻栽培は止めることは、できません」

「大麻がどれほど危険な植物か、知っていて言うのですか？」

ガウェインが鋭く尋ねるも、コルスト卿は顔を上げなかった。みっともなく、テーブルに頭を擦《こす》りつけたまま答える。

「庭師のような事例が、何度かあったのは事実です。パブでも大麻入りドリンクを飲んだ客が、暴れ出したことがありましたから」

「大麻を摂取すると、攻撃性が高まるのですよ。少々のことにも敏感に反応して、暴力的になってしまうのです」

アリスの言葉を聞いても、コルスト卿はしばらく無言だった。ギリッと歯を鳴らし、絞り出すような声を出す。

「だとしても、他にバイウォルズを再生させる、手立てはないのです」

ある意味、予想通りの答えだった。アリスの忠告で止められるくらいなら、最初からこんな事態にはなっていない。

「確かに、大麻草は様々なものに形を変えます。私たちの暮らしに役立つと言ってもいいでしょう。でも大麻草でなければならない理由は、ありません。布であれば、コットンもウールもあります。油ならひまわりやオリーブから取れますし、火薬だって木炭が」

「それらは、どこにでもあるでしょう！」

コルスト卿の声は大きかった。

妻や娘が寝ていることを、すっかり忘れてしまったみたいに。

「私はバイウォルズだけの、特産品が欲しいのです。地域ブランドを確立し、バイウォルズの付価値を高めなければ、こんな場所には誰も来ません」

吐き捨てるようなコルスト卿の言葉は、あまりにも悲しかった。誰よりもバイウォルズを愛している人の台詞《せりふ》とは思えない。

「バイウォルズには、美しい自然があるでしょう？」

「自然がなんだと言うのです？　自然は何も生み出しません。本当に自然に価値があるなら、バイウォルズはあんなに寂れることはなかったのです」

朽ち果てた故郷は、コルスト卿を徹底的に打ちのめしたのだろう。だからどんな手を使っても、バイウォルズを再興したいと願った。

コルスト卿を責めるのは簡単だ。しかし彼の姿は、アリスの姿でもあったかもしれない。

オーウェン邸や先祖代々の墓が守られていたのは、ガウェインのおかげ。

コルスト卿はたったひとりで、故郷を取り戻そうとした。やり方が間違っていたにしても、アリスには彼を突き放すことはできない。

「特産品を作ることだけが、地域活性化の道ではないはずです」

「他に、何ができると言うのです?」

ほとんど馬鹿《ばか》にしたように、コルスト卿が尋ねた。

アリスは目を閉じ、ゆっくりと深呼吸をする。生半可な提案や助言では、とてもコルスト卿を説得できない。彼女は真剣に、力を込めて答える。

「その土地でしか買えないもの、味わえないものには、確かに価値があります。でも観光の魅力はそれだけではありません。バイウォルズだけの体験を提供することで、感動を呼び、満足度を高めることはできると思います」

「しかし狩猟には、大麻から作った火薬が必要で」

「狩猟こそ、どこでもできるでしょう。ここにしかない魅力とは、美しい里山の生活体験そのもの。昨日皆と一緒にパブで食事をして、私はバイウォルズの可能性を感じたのです」

コルスト卿はピンと来ていないのか、怪訝《けげん》な顔をしている。

「パブの内装や料理には力を入れましたが、あの程度の店はどこにでも」

「私が言う可能性とは、庶民の真似事をしたというところにあるのです。貴族社会にありがちな、仕来りや規則を忘れて楽しめたと、大変好評だったのですよ」

「それはただの、お遊びでしょう？」

「そのお遊びが、重要なのです。多くの貴族が、たまには自らの地位や責任から逃れ、自由になりたいと願っているのですから」

コルスト卿はとても信じられない、という顔をしている。華やかな享楽の日々よりも、素晴らしいものなどないと思っているからだろう。

「バイウォルズが、その願望を叶えてくれると？」

まだ確信が持てないらしいコルスト卿の手を、アリスはしっかりと握った。

「清潔で新しい建物と実直に働く人々、ここにはグラストルにはない牧歌的な良さがあります。大麻からの収益にしろ、これだけ素朴で快適な場所は、バイウォルズの他にはありません」

これまでの活動が認められたことで、コルスト卿の心は慰《なぐさ》められたようだった。前途にも明るさが見え、顔色も多少戻っている。

「私は……自信を持って、いいのでしょうか？」

「もちろんです。コルスト卿は優れた実業家ですし、造園家としても希有《けう》な能力をお持ちではありませんか」

「あのバラを、ご覧になったのですか？」

目を大きく開いたコルスト卿は、一転して恥ずかしそうにうつむく。

「あれはまだ、未完成なのです。人様にお目にかけられるような代物では」

「コルスト卿にとってはそうでも、見学者にとっては至高のバラです。ローズガーデンを一般に開放すれば、必ず人気スポットになるでしょう」

「本当にそう、思われますか？」

「ええ。コルスト卿は自身の能力にも、バイウォルズの潜在的な魅力にも、もっと信頼を寄せるべきです。大麻などに頼らなくとも、この地の評判を維持するのは難しくないはずですよ」

コルスト卿はギュッとアリスの手を握り返してから、ゆっくりと手を離した。

気持ちを固めたのか、敢然と顔を上げる。

「わかりました。大麻栽培からは手を引きます」

アリスとガウェインは、顔を見合わせてホッとする。

「ありがとうございます」

「こちらこそ、感謝いたします。これ以上罪を重ねずに済んだのですから」

コルスト卿は立ち上がり、窓の外を見ながら続ける。

「私はバイウォルズの活気を取り戻すことにばかり躍起になって、人として大事なことを見失っていました。朝になれば召し使いたちに謝罪し、皆と協力して大麻を処理しますよ」

憑《つ》き物が落ちたようなコルスト卿の表情を見れば、もう大丈夫だろうと信じられる。これ以上は差し出がましいと思いつつも、アリスはひと言だけ付け加えた。

「あの庭師には、どうか手厚い援助をお願いしますね」

「無論です。彼のことは、必ず回復まで見守りますよ。私財を投じて基金を設立し、大麻によって健康を害した、全ての人々を支援するつもりです。それが私の、責任ですから」

コルスト卿の瞳には強い意志の光が宿り、その言葉には揺るぎない決心が滲《にじ》んでいた。


全てが終わった。

アリスは自室に戻り、そのままベッドに倒れ込んだ。ずっと張り詰めていた気持ちが緩み、怒濤《どとう》の眠気が襲ってくる。このまま眠ったら、きっと昼まで起きられないだろう——。

と思っていたのだが、数時間後に激しいノックの音で目が覚める。

「もう、なんの用?」

欠伸をかみ殺しながら扉を開けると、ケイティとトレイシーが立っていた。

「全くアリスはお寝坊さんですのね！　お茶のお誘いに来ましたのよ」

ケイティは相変わらず元気はつらつで、隣のトレイシーは上品に微笑《ほほえ》んでいる。

「館の大掃除をするから、カフェにでも行っておいてほしいそうですわ」

大麻を処分するので、人払いをしているのだろう。そういう事情なら、ふたりに従うほかない。

「ガウェインとサイラスは？」

「おふたりで深刻そうにしていましたわ。一応お誘いしたのですけれど、今は無理だと」

「ブレアの姿が見当たらないのと、何か関係があるのかもしれませんわね」

突然消えたブレアのことを、ガウェインはどう説明するのだろう。サイラスが傷つくのは確実で、真実を話すのは酷な役目だ。

しかしそれはやはり、弟の務めだろう。ならばアリスは同席しないほうがいい。

「わかったわ。じゃあ三人で行きましょうか」

急いで身支度を済ませ、連れ立って玄関を出たところで、見覚えのあるご令嬢に出くわす。

「あなたは……！」

思わず声を上げたアリスを見て、茶色い髪の令嬢が品良く首をかしげた。

「どこかで、お会いしましたか？」

綺麗《きれい》な発音だ。本物のブレアは、ベルプトンの言葉を流暢《りゅうちょう》に話せるらしい。

「いえ、その、知っている方によく似ていたのよ」

アリスが曖昧《あいまい》に誤魔化すと、ケイティが口を挟んだ。

「コルスト卿を尋ねていらしたのなら、今は取り込み中でしてよ。しばらく館の中には入れませんわ」

「そうなんですの？　やっと解放されたと思いましたのに」

「解放だなんて、物騒ですわ。何かありましたの？」

トレイシーが眉根を寄せ、ケイティがズバッと尋ねる。

「というか、あなたはどなた？」

「私はオンスラールから参りました、ブレア・トンプソンですわ」

そのときの、ケイティとトレイシーの表情といったらなかった。まさに鳩《はと》が豆鉄砲を食ったようという表現がぴったりだったのだ。

「どういうことですの？　じゃあわたくしたちが知るブレアは」

「偽《にせ》者だったということですわ！」

ふたりが大騒ぎしている間に、アリスはブレアを誘う。

「私たちこれからカフェに行くの。良かったらご一緒なさらない？」

「ありがとうございます。こちらからお願いしたいくらいですわ」

カフェの道すがら、ケイティとトレイシーは交互にブレアに質問をした。

話を総合すると、馬車でバイウォルズに来る途中、カナス教の巫女《みこ》たちに捕まり、洞窟《どうくつ》内での生活を余儀なくされていたらしい。

「わたくし、最初からおかしいと思っていましたのよ」

カフェのテーブルに着いた途端、ケイティが賢《さか》しらに続ける。

「だって伯爵令嬢ともあろうものが、あんな片言だなんて」

「でも食事マナーはご存じのようでしたけれど」

トレイシーの疑問に、ブレアが答える。

「それは当然ですわ。我が家は定期的にカナス教の巫女を、ディナーにご招待していますの。トンプソン家の慈善事業の一環ですわ」

「まぁ、恩を仇《あだ》で返すとはこのことですわね」

ケイティが気の毒そうに言い、ブレアは目を伏せる。

「そう、かもしれません。でも私たちはカナス教を支援していますし、今回のことも多少の怒りはありますけれど、布教のためであれば理解できないこともないんですの」

ブレアはあれほどの目に遭いながら、カナス教もイーディスも恨んではいない。

それはアリスにとって、新鮮な驚きだった。

「ブレアは、カナス教を信仰しているの？」

「信仰、とは少し違うかもしれません。ただ今のオンスラールを変えられるとしたら、カナス教なのではと思っているのです」

イーディスはオンスラールが、様々な社会問題を抱えていると言っていた。良識のある貴族は、彼女と同じように自国を憂《うれ》いているのだろう。

「確か巫女に祈ってもらうと、病気が治癒《ちゆ》するんでしょう？　信者が多いのもうなずけるわ」

ブレアが急に目を泳がせて、視線をそらした。その反応を見ただけでわかる。彼女はカナス教が起こす、奇跡の真実を知っているのだ。

世の中には必要悪という言葉がある。大いなる目的のためには、少々の犠牲はやむを得ないという考え方もあるだろう。イーディスもそうだった。

しかし正義が失われた社会に、本当の幸福があるのだろうか？

たとえ困難であっても、どんなに時間が掛かるとしても、公正な社会を目指すべきだ。手を尽くすとは、そういうことだと思う。

「ブレアはもし、カナス教が変わるとしたら歓迎する？」

「どういう、意味ですか？」

「誰の権利も無視しない、真に皆が救われる宗教を目指すとしたら、よ」

ブレアは意表を突かれたようだが、しっかりとうなずく。

「そんなことが可能なら、応援はしたいと思います。……かつて実際に改革運動はありましたし、私自身も期待していました」

ローダの始めた運動だ。やはりイーディスの言ったことは本当だった。

ブレアは顎《あご》に手を添え、賢明に昔を思い出そうとしている。

「中心となったのは、類《たぐ》い希《まれ》なる話術を備えた、若い巫女でした。もしあのまま運動が盛り上がっていれば、確実にカナス教は変わっていたと思います」

「きっとまた、同じ志《こころざし》を持った誰かが立ち上がるわ」

「どうして、わかるのです？」

アリスは質問には答えず、にっこり笑って言った。

「そのときは力になってあげてほしいの。トンプソン家の後ろ盾があれば、心強いと思うから」

＊

カフェから戻ると、館の中は随分《ずいぶん》ガランとした印象だった。

あれだけあった、花瓶《かびん》が片付けられているからだろう。窓も開け放され、ローズガーデンから、ほんのりバラの香りがして、何もかもがスッキリしている。

「おかえり、アリス」

ガウェインに声を掛けられ、アリスは微笑む。

「ただいま。全て終わったの？」

「あぁ。最後に屋根裏の確認もさせてもらったよ」

そのわりにガウェインの表情は冴えない。理由はひとつしか考えられなかった。

「サイラスのこと？」

「事情は話したけど、落ち込んでしまってね」

「それなら彼女が、解決してくれるかもしれないわ」

アリスが振り返ると、ブレアが深く丁寧なお辞儀をする。

「初めまして。ブレア・トンプソンです」

「え？　あっ」

ガウェインは瞬《また》きを繰り返してから、わざとらしく混乱して見せる。

「どういうことです？　僕たちが今まで一緒にいた女性は」

「あの方はオンスラールにある、カナス教という宗教の巫女だそうですわ」

ケイティが訳知り顔で語り始め、ブレアに話をする隙《すき》を与えない。ひと通り経緯を話し終えてから、彼女は得意げに提案した。

「というわけですから、休暇旅行のやり直しをしたらいいと思いますの。初日からいろいろありすぎて、リゾートという雰囲気ではなかったんですもの」

「いい考えですわ。ようやく本物のブレアも参加できることですし、一緒に計画を練りましょう」

トレイシーも賛同するが、ブレアは申し訳なさそうに口を挟む。

「あの、その前に少し、休ませていただいていいかしら？　洞窟暮らしは身に堪《こた》えて……」

「あら気が利かなくて、ごめんなさい。もちろん、ゆっくり身体《からだ》を休めてちょうだい」

アリスは皆をその場に残し、ブレアを連れて大広間に向かった。手近なメイドを捕まえて、仕事を頼む。

「悪いんだけど、今からブレアの部屋のベッドメイクをしてくれるかしら？　彼女、とても疲れているのよ」

「畏《かしこ》まりました」

メイドはすぐに返事をしたが、ブレアを見て不思議そうな顔をしている。初対面の令嬢が登場して、戸惑っているのだろう。しかし特に詮索《せんさく》はせず、先に立って客室に向かう。

扉を開けると、ベッドメイクは必要ないことがわかった。整理整頓された室内は、初めてバイウォルズに来た日のようだ。イーディスはもうここに、戻るつもりはなかったのだろう。

「あの……」

あまりにも部屋が整然としているから、メイドもどうしたらいいかわからないらしい。ブレアは穏やかに微笑んで言った。

「休みたいので、ドレスを脱ぐのを手伝ってもらえるかしら？」

「は、はい」

メイドはすぐに返事をして、ブレアの背後に回った。アリスがそっと部屋を出ようとすると、ブレアに声を掛けられる。

「彼女はここで、得るものがあったのでしょうね？」

「きっと、そうだと思うわ」

「ありがとう、アリス。だとしたら、私の洞窟暮らしも有意義だったと言えますわ」

ブレアは本当に、イーディスのことを不問にするつもりなのだろう。もしかしたら、他の誰かに告げることすらしないかもしれない。

気高く清らかな、女性なのだ。ブレアのような人がいるなら、オンスラールが豊かな国になるのも、そう遠くない気がした。

アリスがブレアの部屋を出ると、ガウェインが階段を上がりきったところだった。

「計画はまとまったの？」

「いや、ケイティ嬢とトレイシー嬢が、ああでもないこうでもないと話し合っているよ」

ガウェインがこちらを見て、躊躇《ためら》いがちに尋ねる。

「本物の、ブレア嬢は？」

「部屋で休んでいるわ。彼女も素敵な女性よ。皆でバカンスを楽しめば、サイラスもイーディスを忘れられるんじゃない？」

「今度ばかりは、どうだろうね……」

ガウェインが難しい顔をするので、アリスは少し驚く。

「そこまでなの？　恋多きサイラスとは思えないわね」

「僕もびっくりしているよ。あんな兄上は初めてだ」

「意外とナイーブだったのね。本当は一途になれる相手を、探していたのかもしれないわ」

アリスのつぶやきに、ガウェインが激しく同意する。

「そうなんだよ！　兄上が相応《ふさわ》しいと思える人が、これまでいなかっただけで」

「でもイーディスは無理よ。貴族でもない異国の巫女が王妃になるなんて、ベルプトンの国民には受け入れられないでしょう」

真っ当なアリスの言葉に、ガウェインは口をつぐんだ。彼だって、そんなことは百も承知だろう。イーディスの身分が明らかになる前から、心を痛めていたくらいなのだから。

「お妃選びも、なかなか難しいものね」

アリスはため息をつき、手摺《てすり》にもたれかかって言った。

「女性に興味がなさすぎるのも、問題だと思うけれど」

「それって、僕のこと？」

「他に誰がいるのよ。一応この休暇旅行は、集団お見合いだったはずなのに」

急にガウェインの表情が曇《くも》り、不機嫌さを露にする。

「僕はお妃選びに来たわけじゃないよ。アリスと旅行に来たんだ」

「結果的にはそういう感じになっちゃったけど、今後のためにはいろんな女性と親しくして、慣れておかないと」

「アリスには、そんな心配してほしくない。この意味、わかるだろう？」

「お節介は止めてくれ、ってこと？」

眉間《みけん》に皺《しわ》を寄せたガウェインが、大げさに脱力して言った。

「僕が結婚しても、アリスは構わないの？」

なぜガウェインがそんなことを聞くのか、アリスには理解できなかった。彼女が許可を出すようなことではないし、彼女の気持ちとは関係なく進められていくことだ。

「どこの誰とも知れない令嬢と、僕が仲良くしても何も思わない？」

以前も同じようなことを尋ねられた気がする。あのときはガウェインの恋路を応援しなければと思っていたけれど、今はどう答えたらいいのかわからない。

「もうアリスには、会いに行かないかもしれないよ？」

「どうして、そんなこと言うのよ。もう一度、友達になってくれたんじゃないの？」

口を衝《つ》いて出た言葉に、アリスは驚いてしまう。

たとえガウェインと別れることになっても、彼の結婚に協力するつもりだった。それが彼のためであり、アリスの務めだと思っていたのに。

これではまるで、アリスがガウェインと離れたくないみたいではないか。

「アリス！　それは僕と一緒にいたいってことだね？」

ガウェインは感激した様子で、アリスの手を取ったが、彼女がその手を握り返すことはない。彼にとって最適な働きをしたいのに、真逆のことを言う自分が信じられなかった。

「私は……わからないわ」

困惑するアリスを見て、ガウェインが優しく尋ねる。

「何が、わからないの？」

「だって、おかしいわ。そりゃあちょっと、寂しい気はしていたけど、ガウェインには幸せな結婚をしてほしいと思っていたのに」

ガウェインはますます嬉《うれ》しそうにして、アリスの手を強く握った。

「寂しいなら、そう言ってくれていいんだよ」

「いいわけないでしょう？　良き伴侶《はんりょ》を迎えて、世継ぎに恵まれることは、王子としての義務でもあるんだから」

アリスの言葉を聞いているのかいないのか、ガウェインは彼女の手を握ったまま宣言する。

「僕は結婚しないよ」

「な」

「ずっと、アリスの側《そば》にいる。寂しく思う必要なんて、ないんだ」

許されるわけない。無理に決まっている。

頭ではわかっているのに、喜びが心に深く染み入る。アリスを助けるために、側にいるという誓いを、ガウェインはこれからも守り続けてくれるつもりなのだ。

嬉しかった。今、この瞬間だけの、言葉だったとしても。

「本当に？」

ガウェインは深くうなずき、照れた笑みを浮かべた。

「だからもう、僕の結婚について、変な気を回さないで。これでも結構、傷ついているんだよ」

「わかったわ。でも気持ちが変わったら、ちゃんと教えてちょうだいね」

「え？」

「私はガウェインを、縛るつもりはないから」

もう余計な世話は焼かないけれど、ガウェインに愛する人ができ、結婚を望むのならば、祝福したい。それができる、寛容で心が広く、情け深い人間になりたいと思う。

「あの、僕はずっと、アリスの側にいるんだよ？」

「ありがとう。そう思ってくれるだけで、嬉しいわ」

ガウェインはアリスの手を離し、なんだか腑《ふ》に落ちない様子で言った。

「アリスは僕を、必要としてくれてるんだよね？」

「必要と依存は違うわ。大切な友達の幸せは、心から祝えるようにならなきゃ。私もまだまだ修行が足りないみたいね」

面目《めんぼく》なくて笑うしかないアリスを、ガウェインが釈然としない顔で眺めていた。

＊

翌日、ケイティとトレイシーの発案で、森へ散策に行くことになった。

ふたりの希望を聞いた上で、計画を立ててくれたのはコルスト卿だ。抜け目のない彼は、早速大麻活用から里山体験へと舵《かじ》を切り、村娘や農夫の衣装はもちろん、お弁当から釣り竿《ざお》まで全て用意してくれた。

「今の時期なら、ベリー摘みが楽しめるんじゃない？　カシスやブラックチェリー、あとはグースベリーなんかが採集できるわよ」

「いいですわね。たくさん採って、ベリーのタルトを作ってもらいましょう」

籐《とう》のカゴを持ってウキウキするケイティに比べ、トレイシーは若干物怖《ものお》じしている。

「ベリーを摘むのって、簡単ですの？　私、初めてですわ」

「あら、わたくしも初めてよ。きっとなんとかなりますわ」

ケイティらしい答えに、トレイシーの顔はほころぶ。

こうして見ると、ずっと前からの親友同士みたいだ。ふたりの王子の気を引くという、当初の目的も忘れ、ただのバカンスを楽しんでいる。

「キノコ狩りもできると思いますよ。今でしたら、ヤマドリタケやシバフタケでしょうか。ソースで和《あ》えたり、オムレツに混ぜたりしても美味《おい》しいです」

「オンスラールでは、貴族も森を散策するの？」

「はい、あらゆる狩りは令嬢の嗜《たしな》みですから。栗やクルミを採ることもありますよ」

言われてみれば、サイラスがそんなことを話していた。イーディスが狩猟を固辞していたのは、本物の令嬢ではなかったからだろう。

後ろを振り返ると、釣り竿を背負った王子たちが歩いている。あまり言葉も交わさず、サイラスはまだ失恋のショックから立ち直れてはいないようだ。ブレアはイーディスに負けず劣らず美しい女性だし、きっと何事もなくいつもの彼に戻ると思っていたのに。

ガウェインの危惧《きぐ》が現実になり、アリスは自分の考えの甘さを痛感する。

男女の機微となると、アリスはあまり役に立てない。誰かを強烈に思慕する、恋い焦がれるという感情が、彼女にはまだよくわからないからだ。

のんびり釣りでもして、元気になってくれるといいけれどと、祈るぐらいが関の山だった。

「まぁ、なんて美しいんですの」

ケイティが華やいだ声を上げた。木々を抜けた先に大きな湖が横たわっており、彼女は湖岸に駆け寄ると、カゴを放り出し両手で水を掬《すく》う。

「冷たくて気持ちいいですわ。ちょっとだけ水遊びしませんこと？」

今にも湖に足を浸しかねないケイティを見て、トレイシーが大慌《あわ》てで言った。

「そ、そんなことより、ベリー摘みですわ。タルトを作るには、かなり必要でしてよ」

「でもこんなに水が綺麗で」

「足を濡《ぬ》らしてしまっては、あとが大変ですわよ。王子様方の魚釣りのお邪魔にもなりますし。さぁ参りましょう」

トレイシーに促され、ケイティは水遊びを諦《あきら》めたようだ。ふたりが歩き出し、ブレアがアリスを振り返る。

「アリスはどうします？」

「私は少し、魚釣りの様子を見学してから合流するわ」

アリスがサイラスを気にしていることに、ブレアは感づいていたのだろう。邪魔をしないよう、席を外してくれるみたいだ。

「わかりました、ではまたあとで」

ブレアが去ってから、アリスは思い切ってサイラスに声を掛けた。

「そう気を落とさないで。ガウェインも心配してるわ」

ガウェインを見ると軽くうなずいてくれるが、当のサイラスは意外そうな顔をする。

「嫌だな、そんな風に見えていたのかい？　気落ちなんてしてないよ。失恋したわけじゃあるまいし」

サイラスが明るく言い、アリスとガウェインは二の句が継げない。

「そりゃあ突然の別れは寂しいけど、また会いに行けばいいだけだからね」

アリスはガウェインの腕を引き、背伸びをしてささやく。

「ちょっと！　イーディスがカナス教の巫女だって、ちゃんと話したんでしょうね？」

「もちろん話したよ。てっきり諦めたものだと」

「全然そんな様子じゃないけど？」

「いやでも、常識的に考えればわかるだろう？　アリスも異国の巫女が王妃になるのは、無理だと言って」

「なんだい、ふたりしてコソコソと」

アリスとガウェインの間に入り、サイラスは軽い忠告のように言った。

「気遣ってくれているのはわかるけど、僕はイーディス嬢を諦めるつもりはないよ。彼女のような人には、二度と巡り会えないからね」

「そんなこと……。ブレアだって、十分に聡明で美しいわ」

「わかってるよ。でも聡明で美しい人なんて、星の数ほど見てきたし」

「イーディスには、それ以上の何かがあると言うの？」

サイラスは湖岸の岩に腰掛け、おもむろに話し始める。

「僕ってさ、もてなし上手だろう？　どんな相手とも楽しい会話を成立させられるし、気分良くさせることができる」

「え、ええ、その通りよ」

話の先が見えないが、事実なのでアリスはうなずく。

「もう条件反射っていうのかな、相手を見れば勝手に笑顔になるし、即座に褒め言葉が口から飛び出すんだよ。職業病って言ってもいいかもしれない」

サイラスは切ない笑みを浮かべ、静かに続ける。

「イーディス嬢はね、同情してくれたんだ。ご機嫌取りばかりは、疲れるでしょうって。僕自身でさえ、そのことに気づいていなかったのにね」

アリスは衝撃を受けていた。イーディスの驚異的な洞察力に。

ガウェインもまた、同じく驚いている。弟でありながら、兄の内なる苦しみに、気づいてはいなかったのだろう。サイラスにとってそれは特技であり、王子として誇るべき技術だと、本人を含め誰しもが思っていたのだ。

「それに彼女は一切僕に媚《こ》びないんだ。僕の前で萎縮《いしゅく》もしないし、取り入ろうともしない。そんな女性を、愛さないでいられるわけがないだろう？」

あまりにもハッキリ、愛という言葉が出て、アリスは赤面してしまう。

しかしサイラスはただ微笑んでいた。それはこの愛が、ひとときの情熱ではないのだと、アリスに教えてくれる。イーディスとの出会いは、彼の価値観を変えてしまうものだったのだろう。

サイラスの決意はわかるが、茨《いばら》の道であることに変わりはない。イーディスだって理解していたからこそ、何も言わずに去ったのだ。

アリスはサイラスを傷つけないよう、十分注意しながら苦言を呈する。

「だけどイーディスの気持ちも尊重しないと。彼女にも、選ぶ権利はあるのよ」

「僕の求婚を断れる女性なんているかい？」

「まぁ呆《あき》れた。自信が過ぎるわよ」

アリスが眉をひそめると、サイラスは楽しそうに笑う。

「ハハハ、冗談だよ。僕のことより、君たちはどうするんだ？」

「どうするって、何が？」

サイラスがちらりとガウェインを見たので、アリスもそちらに視線を向ける。ガウェインは真っ赤な顔をして、手を頭にやったり腰にやったり忙しい。

「いや、あの、僕は、側にいられるだけでいい、かなと」

「本当に？　もっとハッキリ言えばいいだろう？」

「言ったのは、その、言ったんですけど、わかってもらえなくて」

ガウェインがしゅんとしてしまい、サイラスが気の毒そうに弟の肩を叩く。

「それは、辛いな。今は僕にも、ガウェインの気持ちがよくわかるよ」

「兄上……」

状況はよく飲み込めないが、兄弟はここにきて意気投合したようだった。熱心に話し合うふたりの邪魔をするわけにはいかず、アリスはそっとその場を離れる。

サイラスとイーディスの恋は、これからどうなるのだろう？

身分差以外にも問題は山積みだと思うが、アリスに口出しする権利などない。今度ばかりは彼女にできることはなく、手近なベリーを摘みながら、ブレアたちの元に向かうのだった。

＊

長いようで短い休暇旅行を終えて、アリスはコーヘッドに戻ってきた。

休暇になったかどうかは甚《はなは》だ疑問だが、有意義な時間を過ごせたと思う。当初の予定とは違ったけれど、学ぶことが多く、交友関係を広められたのも良かった。

ケイティやトレイシー、ブレアとも、また機会があればお会いしましょうと約束している。同年代の女友達はいないので、皆がアリスを受け入れてくれてすごく嬉しい。

「今回は誘ってくれて、ありがとう。とても、楽しかったわ」

アリスは隣に座るガウェインに声を掛け、馬車からポンと降りた。

「せっかくだから、お茶でも飲んで行ってちょうだい。良ければ御者さんもどうぞ」

「あぁ、やっぱりアリスだ」

外の物音を聞きつけてか、近隣に住むハリー・ウッドが扉を開けて出てきた。彼は家の中に向かって大きな声を上げる。

「ノーマさーん、アリスが帰ってきたよ」

「いらっしゃい、ハリー。今日はどうしたの？」

「トーマスさんに頼まれて、届け物をね」

ハリーはアリスの質問に答えながら、まじまじと彼女を観察する。ドレス姿の彼女は見慣れないから、違和感があるのかもしれない。

「それにしても、すごい格好だなぁ」

「おかしいかしら？」

「いや全然。似合ってるよ。こうして見ると、アリスは本当に貴族様なんだって思う」

感心した様子のハリーだが、そういう褒められ方はあまり嬉しくない。

「よしてよ、もう伯爵令嬢じゃないんだから。今回はガウェインのお供をするから、正装しただけよ」

「こんにちは、ハリー。最近調子はどう？」

ガウェインが話しかけると、ハリーは直立不動になって答える。

「は、はいっ、調子はいいでありますっ。あ、えっと、グラストルでの各種販売も好調で、売上高は過去最高を更新する見込みですっ」

そんなに硬くならなくてもと思うが、これが王子を前にした庶民の正しい姿なのだろう。アリスがハリーに貴族様と言われるのも、ある程度は仕方ないのかもしれない。

「あ、どうぞどうぞお入りください、狭いところですが」

自分の家でもないのに、ハリーがそそくさとガウェインを招き入れる。御者がアリスの荷物を下ろしてくれ、皆で部屋に入ると、ノーマが優しい笑顔で迎えてくれた。

「お帰りなさいませ、アリス様」

温かいノーマの声を聞くと、コーヘッドに帰ってきたのだと思う。意外と楽しい休暇旅行ではあったけれど、ここほど落ち着く場所はない。

「ただいま、ノーマ。皆にお茶を入れてくれるかしら？」

「はい、今準備しているところでございますよ」

「ありがとう。そうだ、これはお土産《みやげ》のジャムよ。私とお友達でベリー摘みをしたの」

アリスの口から友達という言葉が出たからか、ノーマは嬉しそうだ。ご令嬢方に囲まれ、アリスが孤立しはしないかと、気を揉《も》んでくれていたのかもしれない。

「さようでございますか。では、また後日いただきましょう」

茶飲み話はもちろん休暇旅行についてだったが、何かと公《おおやけ》にできないことも多く、当たり障《さわ》りのない内容ばかりになってしまった。

それでもノーマもハリーも楽しんで聞いてくれ、少しのつもりが数時間経《た》っていた。御者がソワソワし始めたので、ガウェインが名残《なご》惜しそうに腰を上げる。

「そろそろ帰るよ。また、来てもいいかな？」

「えぇもちろんよ」

外に出てガウェインが乗る馬車を見送ってから、ハリーがぽつりと言った。

「どう考えてもさ、ガウェイン王子はアリスのことが好きなんだと思うけど」

一瞬心臓を鷲掴《わしづか》みにされたような緊張が走った。アリスは動悸《どうき》に気づかないフリをして、落ち着いた大人の笑みを浮かべる。

「もう、またその話？　前も言ったでしょう？　ガウェインは私に罪悪感があるだけで」

「いやいや、そんなわけないから。なんでわかんないの？」

「わかるも何も、私たちはただの昔馴染《なじ》みよ」

ハリーがノーマのほうに視線を移すと、彼女はほとほと困ったと言いたげな表情を浮かべた。なぜかふたりして嘆息し、アリスは疎外感を覚えてしまう。

「そりゃ以前、プロポーズされたことはあるけど」

「な」

今にもひっくり返りそうなハリーがおかしくて、アリスは笑ってしまう。

「ガウェイン流の冗談よ、冗談。当たり前でしょう？」

「アリスは頭いいのにバカだなぁ」

「なんですって！」

アリスは腰に両手を当てて憤慨するが、ハリーは謝るどころか強弁するばかりだ。

「だってあのガウェイン王子だよ？　そんな大事なこと、冗談で言うと思うの？」

「それは、場を和《なご》ませるため、とか」

「なんの場を和ませるんだよ……。一世一代のプロポーズを台無しにされて、ガウェイン王子が可《か》哀想《わいそう》すぎる」

ハリーはやれやれと首を左右に振り、ため息交じりに続ける。

「ぼくは基本、弟の味方だけど、相手がガウェイン王子なら、まぁ諦められると思うんだよね」

「一体なんの話よ」

「だからアリスは、さっさと気づいてあげなよ。ガウェイン王子は、絶対、アリスが好きなんだ」

そんなはずはない。否定すればいいだけなのに、あんまりハリーが真剣だから、アリスは答えに詰まってしまう。ノーマまで両手を組み、まるで神に祈ってでもいるかのようだ。

「ガ、ガウェインに聞いてみないと、わからないでしょう？」

しどろもどろのアリスに、ハリーが怖い顔で詰め寄ってくる。

「じゃあ聞けばいい。もしぼくが間違ってたら、何日でもトーマスさんと旅をするよ」

あれだけ退屈だと言っていた行商を、ハリーが受け入れるなんて。そこまで言われては、アリスだって引くに引けない。

「……いいわ、聞いてみる」

「アリス様！」

ノーマが大喜びで抱きついてくるが、アリスの心は千々《ちぢ》に乱れ、安請け合いしてしまった不安だけが残るのだった。

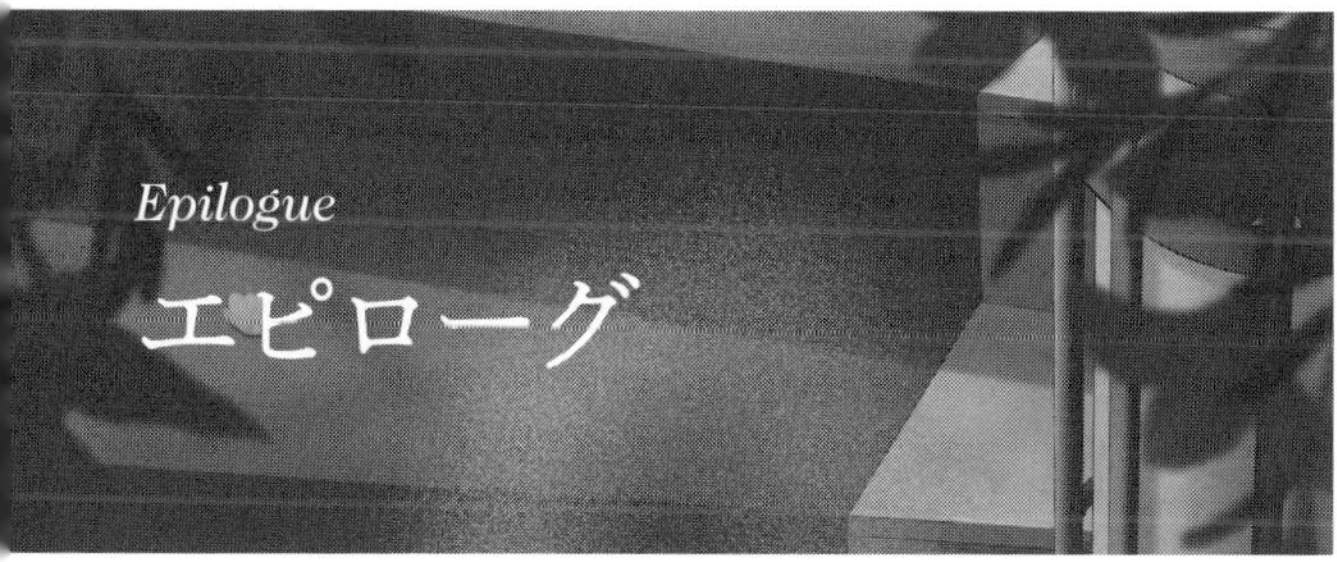

Epilogue

エピローグ

どうも、アリスの様子がおかしい。

ガウェインがコーヘッドに来たのは、二ヶ月ぶりくらいだが、まるで人が変わったみたいだ。よそよそしいというか、ソワソワしているというか。

いつものようにカモミールティーを出してくれるものの、休暇旅行から戻って、笑顔で見送ってくれたアリスはどこにもいない。

おかしいことはもうひとつあって、ノーマがこの場にいないのだ。

出かけているならわかるが、さっきも挨拶《あいさつ》してくれたのに、なぜか二階に行ってしまって下りてこない。

「あの、何かあった？」

妙な空気に耐えきれず尋《たず》ねると、アリスは明後日《あさって》のほうを向いて答える。

「べ、別に何もないわ」

「とてもそうは見えないけど。もしかして、ノーマさんの調子が悪いとか？」

「まさか、そんなことはないわ。ノーマは元気よ」

ようやくアリスはこちらを見てくれたが、どうも表情がぎこちない。またすぐに視線をそらし、考え込んでしまう。

「だったらいいんだけど」

一体何が起こっているのだろう？

ガウェインが首をかしげていると、アリスが急《せ》かすように言った。

「それより、何しに来たの？　用事があったんでしょう？」

「あ、あぁ、イーディス嬢から僕たち宛に手紙が来たんだよ。アリスも読みたいだろうと思って、持ってきたんだ」

「本当に？」

アリスはパッと顔を輝かせ、ようやく普段の彼女らしい表情になる。

「見せて見せて。彼女元気かしら？　手紙は私たちだけに来たの？」

立て続けに質問するアリスに、ガウェインはようやく安堵《あんど》する。

やはりアリスはこうでなくては。

「いや、兄上にも手紙は来たよ」

「そう」

アリスの表情が陰《かげ》ったのは、サイラスの気持ちを知っているからだろう。彼の恋の行方を憂《うれ》いているのだ。

「すぐに何かが進展する、ってことはなさそうだけどね。兄上は文通ができるだけで、今のところ十分満足しているみたいだ」

「サイラスにしては純情なことね」

「それだけひたむきな恋なんだよ。今は見守りたいと思ってる」

あれ以来サイラスは、女性関係をきっちり清算した。

王子としての社交はこれまで通り行っているが、必要以上のもてなしは受けないし、羽目を外すこともない。以前は昼過ぎまで酒気が残っていたから、驚くほどの変化だ。

王や王妃は、ようやく第一王子としての自覚ができたのだと嬉《うれ》しそうだが、ガウェインは素直に喜べない。全てはイーディスへの愛ゆえだからだ。

この先ふたりの関係が、どう変化するかはわからない。ただサイラスの決意は固く、彼の情熱的なアプローチを、イーディスがいつまでも拒むことは難しいだろう。

仮に相思相愛になったとしても、それはそれで問題は山積みで、ふたりを応援したいようなしたくないような、複雑な感情を抱いてしまうのだ。

「今はそれしか、ないかもしれないわね」

アリスが悩ましい顔で言い、ガウェインと同じ気持ちなのがわかる。

「手紙、開けようか。もしかしたら、僕たちだけに訴えたいことがあるかもしれない」

アリスがうなずいてくれたので、ガウェインは胸元から、鑞《ろう》の封印がされた手紙を取り出した。

オンスラールの言葉で書かれていたので、彼はゆっくりと読み上げる。

「お元気ですか。先日は大変お世話になりました。私はあのあと他の巫女《みこ》と合流し、ブレア様に深くお詫《わ》び申し上げました。オンスラールにお戻りの際には、どんな責めをも負う覚悟ですとお伝えしたほどです」

アリスが黙って先を促《うなが》し、ガウェインは続きを読む。

「しかし、ブレア様は今回のことを不問にするばかりか、カナス教の改革を後押ししてくださるとおっしゃっています。私たちがバイウォルズを去るときは大変ご立腹でしたので、おふたりが何か口添えしてくださったのではと思っています」

ガウェインはそこで言葉を切り、アリスを見つめて言った。

「僕は何もしてないけど？」

「少しだけよ、口添えというほどのことではないわ。そもそもブレアは寛大な女性だもの」

アリスは謙遜《けんそん》するが、ガウェインの知らないところで、根回しをしておいたのだろう。

あのドタバタの中で、イーディスの未来にも気を配れるアリスは、頭が切れる以上の分別と優しさを持っている。また惚《ほ》れ直してしまうけれど、ガウェインは再び手紙に目を落とした。

「これから私は、カナス教を清浄化するために、身を粉《こ》にして働くつもりです。一歩進む勇気をくださったのは、紛《まぎ》れもなくおふたりです。感謝してもしきれません。本当にありがとうございます。いつかおふたりが」

ガウェインは思わず咳《せ》き込み、アリスが怪訝《けげん》な顔をする。

「おふたりが、どうしたの？」

「いや、あの、ここは読まなくてもいいかなって」

「ええ？」

「あとは、お健やかにお過ごしください、で終わりだし」

「何言ってるの、気になるでしょう、ちゃんと読んで！」

アリスに急かされ、ガウェインは仕方なく、真っ赤な顔で文面通りに読む。

「ご結婚されるときには、式に呼んでくださると嬉しいです」

てっきりアリスは一笑に付すと思ったのに、彼女の頬《ほお》はリンゴみたいに赤い。どうしたらいいかわからない様子で、目だけをキョロキョロと動かしている。

「大丈夫？」

「え、いや、あの」

アリスは弱り切った様子で、必死に口を開く。

「つまり、その、ガウェインは、私のことが好」

そこでアリスは口をつぐんでしまい、ガウェインは首を捻《ひね》る。

「す……、って何？」

「えっと、その、イーディスが元気で良かったわね。私たちも元気だと伝えておいてちょうだい。結局サイラスのことは何も書かれていなかったようだけど、彼女は彼をどう思っているのかしら？文通に応じたなら、満更《まんざら》でもないのかもしれないわね」

アリスは怒濤《どとう》のように喋《しゃべ》りまくり、ガウェインに口を挟ませない。なんだかよくわからないが、必死になって話す彼女を、ただ見つめるだけというのも悪くないなと思うのだった。

あとがき

こんにちは、水十草《みずとくさ》です。

なんと、二巻をお届けすることができました！

前巻はナンバリングされていなかったことからもおわかりの通り、次がどうなるかは全く未知数の状態でした。こうして続編を書くことができたのは、ひとえに読者の皆様のおかげです。

本当にありがとうございます！

ひとりひとりの応援が大きな力になるのだと、身をもって実感し、なんだかもうただただ感動してしまいました。私自身にも敬愛するクリエイター様がたくさんいらっしゃいますので、微力ながら応援していこうと強く決心しています。

そして今回の物語ですが、前作よりさらにミステリーらしい仕上がりになりました。アリスとガウェインの距離はちょっぴり近づき、ふたりの関係も少しずつ変化していきます。どうか引き続き、初々《ういうい》しい恋模様を見守っていただけたら嬉しいです。

また、今回も昌未《まさみ》先生にイラストをご担当いただいています。新しいキャラクターを多数登場させてしまって申し訳なかったのですが、全員とても素晴らしいデザインに仕上げてくださいました。

そしてここから少々ネタバレになりますので、できたら本編をお楽しみいただいてから読んでいただきたいのですが、口絵のブレアは本物のブレアではありません。

ストーリーの性質上、どうしようもなかったのですが、昌末先生がブレアだけカメラ目線を外し、暗に偽者《にせ》であることを匂わせてくださったんですね。口絵のラフをいただいたときは、感激しすぎてめちゃくちゃ長文のメールを送ってしまいました。

最高に素敵なイラストを描いていただき、大変感謝しております。

そして担当編集のH様、いつも冷静に分析し、的確なアドバイスをくださいますこと、本当にありがたく思っています。おかげで当初のプロットより随分《ずいぶん》とテンポよく、初稿に比べてわかりやすく奥行きのある物語にすることができました。

最後にこの本に携《たずさ》わってくださった、全ての皆様に厚く御礼申し上げます。

ダッシュエックス文庫編集部様をはじめ、たくさんの方々のお力添えをいただき、こうして形にすることができました。

そしてこの本を手にとってくださった皆様、本当にありがとうございます。また次の物語でお目にかかれますよう、切に願っております。

水十草

Dノベルf

爵位を剥奪された追放令嬢は知っている 2

水十 草

2023年9月10日　第1刷発行

★定価はカバーに表示してあります

発行者　瓶子吉久
発行所　株式会社　集英社
〒101－8050　東京都千代田区一ツ橋2－5－10
03(3230)6229(編集)
03(3230)6393(販売／書店専用)　03(3230)6080(読者係)
印刷所　凸版印刷株式会社

ISBN978-4-08-632015-3　C0093

作品のご感想、ファンレターをお待ちしております。

あて先
〒101－8050　東京都千代田区一ツ橋2－5－10
集英社ダッシュエックスノベルf編集部　気付
水十 草先生／昌未先生